Scripto

W0406760

Isabelle Pandazopoulos

L'HONNEUR DE ZAKARYA

Gallimard

Éditions Gallimard Jeunesse, 2022.

... contre la chaotique incertitude de l'avenir,
le remède se trouve dans la faculté de faire
et de tenir des promesses. (...)
Si nous n'étions liés par des promesses, nous serions
incapables de conserver nos identités ;
condamnés à errer sans force et sans but, chacun dans
les ténèbres d'un cœur solitaire.

Hannah Arendt
Condition de l'homme moderne

Juin 2007
L'étang

L'enfant avait presque 8 ans. Il trottinait vaillamment au côté de Sylvain Gauthier qui lançait ses grandes jambes devant lui en soulevant des feuilles mortes à chaque pas. Ils allaient à l'étang. C'était une promesse que Sylvain avait faite à l'enfant dès qu'il avait été en âge de comprendre. Le jour de tes 7 ans, je t'apprendrai à conduire le bateau. Tu seras capitaine. Je te donnerai ma casquette.

– C'est vrai ?

Il avait fallu attendre le bon moment, après la saison de la chasse, quand ils ne risquaient plus de rencontrer quelqu'un. Ce n'était pas si facile de trouver un prétexte. Sa femme était toujours au taquet. Il mentait tellement pour être avec Yasmine. Alors pour le gosse, forcément, il restait peu de temps. Ils approchaient maintenant de l'étang. L'enfant mit sa petite main dans la sienne, s'y agrippant de toutes ses forces, y enfonçant ses ongles pour que leurs peaux ne glissent pas l'une contre l'autre, au risque de se perdre.

Il apprenait vite. Les yeux rivés sur l'horizon et malgré la casquette trop grande qui lui tombait sur le nez, il tenait ferme le volant du bateau. Ils furent bientôt au milieu du plan d'eau. Sylvain sortit les cannes à pêche. Quand tout fut installé, il chargea l'enfant de surveiller les lignes. Sylvain Gauthier allongea ses jambes et se roula une cigarette. Le môme était à genoux à l'autre bout de la barque, concentré sur sa mission. Des langues de brume flottaient au-dessus de l'eau trouble. Au centre de l'étang, sur cet îlot minuscule couvert de hêtres et de charmes, des hérons cendrés avaient fait leur nid. L'un d'entre eux s'était posé nonchalamment sur la rive. Lui aussi sans doute, il guettait les poissons. Le grand oiseau dut sentir leur présence. Il entrouvrit son bec et, lentement, il s'envola, déchirant le silence de son cri rauque et comme réprobateur. L'enfant le suivit des yeux jusqu'à ce qu'il disparaisse. Sylvain écrasa sa cigarette et se redressa un peu en s'étirant. Les poissons ne mordaient pas.

Bientôt un vent frais se leva, suivi de gouttes de pluie de plus en plus lourdes et denses. Le visage de l'enfant s'assombrit aussitôt. La fête allait tourner court, il leur faudrait rentrer. Ils firent semblant de ne s'apercevoir de rien, laissant l'eau les mouiller. L'embarcation se mit à tanguer, le vent souffla plus fort, l'enfant refusait de quitter les deux lignes des yeux.

– Hé, petit !

Sylvain évitait toujours de l'appeler par son nom. Il lui semblait que c'était mieux ainsi, à laisser ça dans le vague. L'enfant feignit de n'avoir rien entendu. Sylvain posa fermement sa main sur son épaule. Il sentit tout son corps lutter contre les larmes.

– On reviendra ?

L'homme eut un geste de la main. Qui sait? Oui, ils reviendraient peut-être...

L'enfant remonta les cannes, les replia et les rangea dans leurs étuis. Toute joie l'avait quitté. Sylvain prit la barre pour revenir vers la berge. L'enfant sauta sur le ponton, tira sur la corde et attendit Sylvain pour qu'il finisse d'attacher l'embarcation.

La pluie leur cinglait le visage. Ils pressèrent le pas. Alors qu'ils s'apprêtaient à remonter dans la voiture, ils furent saisis par les cris d'une bête aux abois. Sylvain comprit aussitôt qu'elle était prise au piège d'un braconnier peu scrupuleux. Il aurait fallu l'achever. Il soupira, exaspéré. L'heure tournait et avec un temps pareil, il se demandait quel mensonge il allait pouvoir inventer pour justifier ses vêtements mouillés et boueux.

– Pas le temps ! trancha-t-il avant de croiser les grands yeux noirs de l'enfant.

Il soupira.

– T'es bien comme ta mère, toujours prêt à chouiner ! Allez, viens !

Ils coururent en direction des cris. Trouvèrent un jeune faon, la patte broyée dans un piège rouillé qu'avait bricolé un imbécile. L'enfant se mit à hurler.

Sylvain desserra l'étau, prit la bête contre lui, se redressa.

– Arrête de pleurer ! On va la sauver.

La bête gisait inerte dans ses bras. Un instant, il crut qu'elle était morte.

Dans la voiture, ce fut l'enfant qui la prit sur ses genoux. Elle avait les yeux mi-clos, elle respirait, il lui caressait le museau.

– T'en fais pas, petite, murmurait-il tout bas, papa va te sauver.

Sylvain Gauthier appuya sur l'accélérateur, le moteur vrombit, couvrant le bruit de la voix. Ils arrivaient à Brinay.

– Descends.

L'enfant ne bougea pas. Il pleuvait à torrent.

– Descends, je te dis. Yasmine va s'inquiéter. Je fais comme on a dit.

L'enfant ne tourna pas la tête, ne bougea pas. Sylvain Gauthier éleva la voix.

– Zakarya, descends !

Il ouvrit la portière du 4×4.

– Laisse la bête, je m'en occupe !

La voiture fit demi-tour. L'enfant resta immobile au milieu de la route. Il ne fut bientôt plus qu'une petite tache de couleur dans son rétroviseur. Un peu plus loin, Sylvain Gauthier s'arrêta quelques secondes pour jeter la bête sur le bas-côté.

Puis il rentra chez lui.

PARTIE 1

JUGER

Juin 2019
Maison d'arrêt Bonne-Nouvelle

EXTRACTION

La douleur réapparut en pleine nuit, saisit sa mâchoire entre ses tenailles de fer, s'enfonçant comme un clou à chaque pulsation, dans l'os puis le long de son nez avant de vriller autour de ses orbites et d'exploser dans sa tête. Il se redressa sur son lit, attrapa son visage à deux mains, la dent avait pris feu, il ne pouvait rien contre. Il laissa son corps se balancer d'avant en arrière pour retenir un cri qu'il avait peur d'entendre. Il avait eu mal par intermittence ces derniers jours. La douleur semblait disparaître et revenait brusquement, chaque fois plus incontrôlable et plus forte. Il comprit qu'elle ne le quitterait plus.

Il fallait qu'il se calme, il n'était pas une heure, la nuit allait être interminable. Au matin, le surveillant lui donnerait un Doliprane. Rien pour le soigner. Un rendez-vous avec un dentiste allait prendre des semaines… Le mois dernier à la promenade, ils avaient tous vu Jocinda se jeter contre un mur et s'ouvrir le crâne. La douleur rend fou. Les surveillants s'en tapent.

Jocinda avait encore attendu quelques jours au mitard avant de voir un médecin. Depuis, on n'avait plus eu de ses nouvelles.

Le procès de Zakarya commençait dans deux jours. Il devait être sur pied. Tout plutôt que de le voir ajourner. Tout mais quoi ? La première chose qu'on t'apprend à la zonze, c'est que t'es plus maître de rien. La douleur monta d'un cran. Sur une échelle de 1 à 10, il venait de franchir la barre du 8 et voyait déjà le 9 se pointer en ricanant. Une catastrophe qui le fit gémir malgré lui en même temps qu'il se balançait de plus en plus vite.

De son matelas posé à même le sol, Wissam le scrutait sans retenue. Comme s'il se regardait dans le miroir et prenait la mesure de son propre destin. C'était un nouveau, même pas un mois qu'il était là, forcément aucune carapace. Zakarya lui envoya un coup sec du bout des pieds pour le forcer à détourner les yeux.

– Arrête de me regarder, marmonna-t-il vite fait.

Et l'autre feignit de sombrer dans le sommeil.

Dans la cellule d'à côté, la télé déroulait son flot habituel de mots et d'images colorées. La nuit, les voix étaient plus lentes. Zakarya tendit l'oreille. Un documentaire sur des contrées aux noms étranges. Novosibirsk, Vladivostok… Il aurait voulu chercher ces lieux sur sa mappemonde, celle qui s'illuminait quand il la branchait sur cette prise difficilement accessible derrière son bureau. C'était dans la chambre de la grande maison, quand ils habitaient encore à Brinay. Son voisin avait monté le son. Il entendit distinctement un grincement de freins sur des rails à l'arrivée dans une gare. Il fut aussitôt submergé par une vague de sensations anciennes, odeur des quais, impatience des départs, valises, bruit des annonces, trop de souvenirs qui se mirent à danser avec la douleur, *pas ça surtout pas ça.* Il serra les poings. Comment ne plus penser à rien, ne plus rien vouloir, et ne rien désirer ? La douleur était là, vigilante et sournoise, pour lui rappeler qu'il était bien vivant.

Des cris – *quand ? s'était-il assoupi ? comme ça, assis, la main sur sa mâchoire ?* – ou plutôt des beuglements d'une sauvagerie inouïe transpercent les murs, réveillant même ceux qu'on avait assommés avec des somnifères. Ils sont tous dressés sur leur paillasse, saisis par cette terreur qui sort de la bouche de l'un des leurs, sans savoir quoi, sans pouvoir rien, ils retiennent leur souffle.

Des coups réguliers sur la porte d'une cellule.

Une voix qui s'élève, la gorge nouée, sidérée, *à l'aide,* qui répète et qui scande, *à l'aide, à l'aiiiide,* les hurlements redoublent, d'autres voix se mêlent à la première, on tape dans les portes, les murs, on crie, *est-ce qu'ils nous entendent ? est-ce qu'ils vont venir ?* Ça dure, encore, ça crie mais rien, Wissam s'est bouché les oreilles avec ses mains, recroquevillé en boule sur son matelas dégueulasse, c'est trop pour une seule nuit.

Zakarya craque, se jette sur la porte pour tambouriner avec ses poings. L'angoisse a pris le pas sur ses résolutions. *Putain, on n'est quand même pas des bêtes.*

– Mais vous êtes où, bande d'enfoirés ?

Enfin, le bruit des grilles, des clefs, celui des pas des surveillants, dans un sens et dans l'autre, maintenant ils ont tous l'oreille collée à la porte de leur cellule, ils s'arrêtent de crier, ils écoutent recommencent tapent crèvent de peur, *mais qu'est-ce qu'il lui arrive,* ces glapissements de bête qui continuent et montent encore d'un cran t'arrachent la peau c'est à toi que ça fait mal aussi, c'est toi qui souffres à en devenir fou.

Quand brusquement il n'y eut plus un bruit, ils imaginèrent qu'il était mort.

Forcément.

C'était le plus grand risque, le seul qui parvenait à faire vraiment pâlir les matons, cette idée qui taraudait tous les taulards, *à quoi bon continuer.*

La douleur revint en première ligne, fulgurante. Elle l'obligea à fermer les yeux. Il ne tenait plus debout. S'écroula sur son lit, anéanti.

À 5 h 15, l'œilleton se souleva, se referma. Plusieurs rondes par jour, et autant la nuit. Chaque fois, ça grignote un petit bout de toi. Zakarya aurait dû sauter sur l'occasion, *j'ai mal je n'en peux plus,* hurler qu'il n'allait pas tenir, mais l'idée de supplier, là dès l'aube et pour rien, vraiment c'était au-dessus de ses forces. Pour supporter leur indifférence, il fallait pouvoir se mettre debout. Il essaierait au moment de la promenade.

La porte s'ouvrit soudain, laissant entrer la lumière blafarde du néon qui menaçait de griller depuis plusieurs semaines.

– Benothmane, extraction ! T'as dix minutes.

Zakarya, abasourdi, eut juste le temps d'apercevoir Tommy le nouveau maton, un grand sec accro à la procédure. Il sauta hors du lit, se débarbouilla le visage, glissa sa carte de circulation dans la poche arrière de son jean. Se rendit compte qu'il sentait mauvais. Ça faisait neuf jours qu'il n'avait pas pris de douche... il avait beaucoup transpiré, il frissonna, il devait avoir de la fièvre. Wissam l'observait du coin de l'œil. Il avait repris des couleurs. Un peu d'espoir sur un visage. Zakarya lui sourit.

Pas un mot.

On ne leur donnait jamais les raisons de leurs mouvements hors des cellules, encore moins quand il s'agissait de sortir à l'extérieur. Ça faisait partie du règlement. Ils étaient une trentaine ce matin-là, avançant les yeux baissés droit vers le grand hall froid où des gendarmes les attendaient pour les trier. D'un côté le tribunal, de l'autre l'hôpital.

Zakarya n'en revenait pas de sa chance. Il avait tellement de mal à y croire qu'il en tremblait presque. Son front était couvert d'une sueur glaciale.

– T'as vraiment une sale gueule, marmonna le maton.

Zakarya se contenta de hocher la tête. Il était au bord de tomber dans les pommes.

– C'était quoi, cette nuit ?

– Tu veux vraiment savoir ? ricana le surveillant.

Ils arrivaient justement devant la dernière grille.

– C'était Abdou...

Zakarya passa de l'autre côté. La douleur lui arracha un cri. Il porta la main à son visage, sentit que sa joue avait beaucoup gonflé.

– Un cafard lui était rentré dans l'oreille...

La voix du maton lui sembla lointaine. Les mots

bondissaient comme des balles de flipper sur les parois de son crâne.

– Jamais vu un mec dans un état pareil. Ils ont dû le piquer avant de le transporter. En tout cas, toi, tu peux lui dire merci, on a glissé direct ta demande au médecin !

Dans le hall, les gendarmes les attendaient pour les fouiller avant de les embarquer dans la bétaillère. Le monde avait recommencé à tourner. Il ne tiendrait pas longtemps sur ses jambes. Il se proposa pour passer premier à la fouille.

– Ben alors, Benothmane, t'es pressé de nous montrer ton petit cul ce matin ?

Ça les fit ricaner.

En cellule, Zakarya commença à se déshabiller. Ils étaient trois. Deux qui se tenaient debout devant la porte pendant que l'autre prenait chaque vêtement pour l'inspecter. Une fois nu, le détenu fut invité à lever les bras. À ouvrir la bouche. À soulever la langue. À écarter ses cuisses. Le gendarme enfila des gants, lui palpa les couilles. On le retourna. Il présenta la plante de ses pieds. Le gendarme s'accroupit. Celui devant la porte pointa un rayon de lumière sur son cul.

– Fin de la fouille. Rhabille-toi !

Zakarya reprit sa respiration. Il s'adossa au mur pour enfiler ses vêtements.

– Putain, mais qu'est-ce qu'il pue !

La voix venait du couloir. Ou de la cellule d'à côté.

On l'embarqua en le tenant par le bras. Le monde tournait de plus en vite. Enfin, il put s'écrouler dans la cellule de la bétaillère. Beaucoup plus tard, il sentit le véhicule se mettre en route. Il manquait d'air, avait la nausée, finit par vomir, rien, de la bile, des spasmes, il n'était plus vraiment conscient.

Au-dessus de sa tête il aperçut un bout de ciel bleu. Une belle journée s'annonçait.

Il faut toujours garder les yeux ouverts, petit. La voix de son père. Des années qu'il ne l'avait pas entendue.

En arrivant à l'hôpital, les gendarmes constatèrent qu'il avait perdu connaissance.

20 juillet 2018
Villa Curial – Paris XIXe

DAMNÉE

Ce soir-là – celui *des faits* – et toute la nuit qui suivrait, la mère de Zakarya Benothmane avait senti le malheur se remettre à danser autour d'elle comme une toupie déréglée. Elle avait refusé d'y croire, ignorant avec ferveur les signes avant-coureurs de la catastrophe. Par lassitude peut-être, par arrogance aussi. Comme si elle pouvait se permettre de lutter contre les étoiles et leur destin funeste. Elle n'aurait pas dû. Elle se le reprocherait longtemps.

Il était tard quand elle quitta le restaurant où elle avait dîné avec quelques collègues. Le bitume brûlait encore de la chaleur du jour qui se répandait comme une eau boueuse et pesait sur chaque geste. Cette nuit encore, ils n'auraient pas de répit, quelques heures avant l'aube et encore… C'était la troisième vague de canicule depuis le début de l'été. On battait des records de température, et sur le canal de l'Ourcq bondé, on parlait fin du monde en sirotant des Spritz.

L'air est aussi brûlant qu'il l'était à Tanger, se dit Yasmine furtivement, chassant aussitôt cette pensée involontaire venue de son corps et d'un passé qu'elle avait choisi d'effacer.

Ses collègues hésitaient à poursuivre la soirée dans un bar en terrasse. Yasmine déclara qu'elle allait rentrer à pied.

– Une autre fois peut-être... Mon fils m'attend. Il est presque minuit, je ne veux pas qu'il s'inquiète.

Yasmine ignora le regard amusé de Solène et lui sut gré de ne pas faire part de ses moqueries à voix haute. Zakarya aurait 20 ans à l'automne prochain. Il y avait bien longtemps qu'il n'avait plus peur du noir.

Elle les quitta trop vite, traversa à la hâte cette jeunesse joyeuse et un peu ivre qui riait, dansait et fumait à l'excès. Elle aimait tant Paris, cette insouciance qui circulait entre les gens comme une eau vive, y marcher seule, nus pieds sur des talons hauts, avec un peu de rouge encore sur ses lèvres. Elle alluma une cigarette et attacha ses cheveux en les enroulant autour d'un crayon noir. Non, malgré tout, jamais elle ne regretterait d'avoir élu domicile ici.

L'ascenseur était encore en panne. Six étages à pied. Elle ôta ses sandales et apprécia la fraîcheur des dalles de pierre. Pour jouer, elle s'obligea à sautiller d'une marche à l'autre, au même rythme et sans faillir. Au quatrième, elle entendit le rire de Maïté, elle faillit s'arrêter, boire un verre, lui raconter sa soirée... mais il fallait qu'elle rentre... Elle monta le dernier étage à pas lents. Elle manquait de souffle. L'été dernier, elle battait Zakarya une fois sur deux.

À peine passé le seuil de la porte de chez elle, elle sut qu'il n'était pas rentré. L'appartement était totalement silencieux. Son insouciance lui parut déplacée. *Il n'était pas rentré.* Elle l'appela sans y croire, vaincue.

– Zakarya ?

L'angoisse lui serra la gorge. Elle se reprocha aussitôt sa sortie tardive. Elle aurait dû l'attendre ici. Elle aurait dû l'appeler, vérifier, surveiller, être là. Elle appela son portable des dizaines de fois. Il sonnait dans le vide. Et puis il arrêta de sonner.

Il avait promis de ne pas rentrer trop tard. Il avait l'air heureux. Il s'était fait beau.

– Où est-ce que tu vas ?

– Et toi ?

Ils avaient ri, complices.

– Fais attention à toi, mon grand.

Il avait posé un baiser sur sa joue. Et avait filé non sans claquer la porte ce qui avait le don de l'exaspérer. Mais cette fois, même pas. Elle se souvenait d'avoir soupiré d'aise à le sentir content, comme si sa colère était enfin en train de se dissoudre.

Elle aurait dû rentrer plus tôt. L'appeler vers 23 heures. Elle aurait dû…

Elle l'avait oublié pendant quelques heures, il l'avait senti, *maman est partie, elle m'a abandonné.* Sa tête s'emballait, son cœur battait trop vite, c'était absurde, elle le savait, elle imaginait déjà le sourire entendu de Mme Theophila, la psychologue qu'on l'avait incitée à consulter. Le juge, les éducateurs, le médecin de famille… Ils en arrivaient toujours là, à sa difficulté à se séparer de son fils, à son inquiétude démesurée, étouffante.

Elle n'aurait pas dû les écouter, c'était de leur faute, elle aurait dû rester ici, dans sa cuisine et l'attendre.

Faire taire tous ces étrangers à la voix posée, bardés de protocoles… *ce qu'il faut faire avec un ado comme le vôtre…*

Elle s'assit dans son fauteuil sous la fenêtre où elle avait passé tant d'heures à guetter le retour de son enfant. Ses pensées reprirent leur cours habituel, elle était à sa place, son inquiétude s'atténua. À cet endroit familier, les pieds glissés sous elle, au lieu d'imaginer le pire – quand les idées noires le disputaient à la colère, à l'impuissance, à ce sentiment pourri d'avoir sacrifié sa vie pour rien, ou de ne pas l'avoir fait assez, auquel succédait la honte d'avoir mis au monde un vaurien, de payer une dette, *d'avoir ce que tu mérites, à te comporter comme une pute…* – elle laissait les mots faire leur travail, ces voix hurlant comme des harpies, tandis qu'elle regardait le ciel, la nuit noire ou la lune, et pour finir entre veille et sommeil, n'entendait plus rien, ne voulait plus rien, ne l'attendait même plus puisqu'il était là, comme avant, en chair et en os, réveillé d'un cauchemar, son doudou dans la main, pieds nus, cheveux en broussailles, elle n'avait plus qu'à tendre les bras pour qu'il vienne se blottir contre elle. Pas besoin de parler, ne faire plus qu'un, retrouver son odeur, ce sourire qu'il offrait à la lumière chaque matin au saut du lit, ses rires, ses mots d'amour, d'esprit, ses chagrins, oui, Zakarya son fils était un garçon formidable, elle l'avait su dès l'instant où il était sorti de son ventre, avec cette force-là, ce cri vigoureux, son désir de venir au monde si puissant qu'il avait tout balayé, leurs craintes, leurs lâchetés, et tout ce conformisme…

Elle finit par s'endormir quand le soleil pointait déjà à l'horizon. Un sommeil profond, brutal, dans lequel elle s'était enfoncée sans conscience et dont elle sortit hébétée, quelques heures plus tard. Elle était en sueur, la pièce baignée de lumière avait accumulé une chaleur excessive.

– Zakarya… ?

Toujours rien…

Il lui est arrivé quelque chose.

Elle sauta sur son portable. Tenta de l'appeler pour la quarante-septième fois précisément. Il n'avait pas lu ses SMS. À midi, aujourd'hui, Maïté les attendait pour fêter l'anniversaire de Félicité. Le cadeau que lui avait préparé Zakarya était sur son bureau, à côté de sa mappemonde, joliment empaqueté. Il y serait, il avait promis, et Zakarya son fils était un jeune homme à tenir ses promesses…

Elle s'effondra. La vérité, c'était qu'il faisait des conneries, n'arrêtait pas ses conneries, n'en finissait pas de tout refuser, prétendant être libre, à emmerder tous ceux qui cherchaient à l'entraver, les flics, les éducateurs, les juges, tous des pourris ! S'il avait été là, elle l'aurait giflé, tapé, roué de coups, son fils son amour était devenu une vraie racaille, une petite frappe, un moins que rien…

Épuisée, elle laissa un nouveau message sur son répondeur.

« Si tu n'es pas là à l'anniversaire de Félicité, c'est plus la peine de remettre les pieds ici. »

Elle haussa les épaules. Des menaces pour rien. Des chagrins pour rien. Elle se fit couler un café. Il était presque 11 heures. Elle devait prendre une douche.

À midi, elle appela Maïté pour la prévenir. Elle promit de passer quoi qu'il arrive pour le goûter. Avec le cadeau de Zakarya.

Maïté ne posa aucune question. Ne fit aucune remarque. Ne montra même pas qu'elle était déçue. Elle dit juste *on vous attend.*

Elle avait passé toutes ces heures à appeler tous les numéros qu'elle avait, des amis qui avaient promis de se renseigner, de rappeler, de partir à sa recherche. Aucun d'entre eux ne lui avait fait signe.

Finalement, c'était son entraîneur de boxe, Djibril, qui avait réussi à l'apaiser un peu. Il lui avait rappelé que Zakarya avait beaucoup changé, qu'il allait de l'avant, que ses crises de colère s'espaçaient et qu'il avait presque appris à reconnaître ses torts. Il fallait qu'elle arrête d'imaginer le pire, avait-il ajouté en riant.

Elle en aurait pleuré. Pendant quelques instants, elle avait entraperçu le bout du tunnel. Son fils allait devenir un homme qui se tiendrait debout, le regard clair et visant loin, avec l'idée de se construire une vie, belle, digne, elle s'y voyait déjà, tête haute, contre tous les pronostics, et face au monde entier.

À 16 heures quand les flics sonnèrent à sa porte, elle n'était plus qu'une pauvre flaque, toute molle et privée d'émotions. Elle venait d'avaler son troisième anxiolytique et avait bu une demi-bouteille de rosé.

Les flics entrèrent en la bousculant un peu,

persuadés qu'elle leur barrait le passage pour protéger Zakarya. Ils poussèrent les portes, fouillèrent sous les meubles et dans les placards. Elle dut rester dans la cuisine sous la surveillance d'une femme au regard vide.

– Qu'est-ce qu'il a fait ? finit-elle par articuler, la suppliant des yeux.

La femme passa d'un pied sur l'autre, les mains accrochées à la ceinture de sa tenue. Elle se gratta le cou, se retourna pour vérifier que ses collègues étaient tous occupés ailleurs.

– Il doit être entendu dans une affaire de meurtre.

Yasmine ouvrit des yeux ronds et lâcha un petit rire incrédule.

21 juillet 2018
Métro Bir-Hakeim

MORCEAUX D'UN

Il ne put répondre à leurs questions. Ne lui était resté de l'errance qui avait précédé son arrestation que quelques images éparses comme des éclats de verre brisé. Et puis à force d'heures vides passées dans sa cellule après leurs interrogatoires sans fin, il parvint quand même à arracher quelques souvenirs au trou noir. Il tenta de les assembler dans l'espoir d'offrir au juge d'instruction une histoire cohérente qui ferait de lui un mec crédible. Mais ça ne marchait pas. Les questionneurs cherchaient un enchaînement logique aux événements quand lui se perdait dans la traque des détails, ces choses insignifiantes grâce auxquelles il retrouvait un peu du sentiment d'exister.

C'est juste après… Il est chez lui. Il le sait, il est revenu en courant, à peine arrivé, tourne en rond. Relit compulsivement ses SMS, *pas possible pas possible*, pense à sa mère. Le cadeau de Félicité est sur son bureau. Un petit cheval en plastique à la crinière bleue. Envie de le jeter contre le mur. Son cœur bat trop fort dans sa tête. Il a du sang sur son tee-shirt. La tache fait comme une étoile sur son nombril. *Putain…* Il enfile un vêtement propre, fourre l'autre au fond du sac à dos, sort sur le palier, retenant les portes pour qu'elles ne claquent pas. S'enfuit à pas de loup.

Au bout de la rue, lueur bleutée des gyrophares. Drôle de silence. Des gens derrière les barrières de sécurité. On se croirait dans un film. France 3, samedi soir et une envie de gerber. Il prend la direction opposée, se force à marcher lentement, tête baissée, pas de métro, il veille à ne pas être filmé, tourne à gauche et s'engage sur la rue de Crimée, toujours à pas lents, mesurés, s'efforce de ne pas se retourner, les mains serrées sur les bretelles de son sac. À hauteur des Buttes-Chaumont, il se met à courir comme un dératé.

Rue des Pyrénées. Il cherche Ousmane.

Le seul qui peut-être va l'aider, à qui peut-être il pourra… et sinon quoi ?

Il n'ose y penser.

Ousmane ignore appels et SMS pendant un temps interminable.

Ils finissent par se retrouver plus bas, au coin du Père-Lachaise, un peu après la fermeture des bars. Son pote a sa tête des mauvais jours, marmonne d'emblée qu'il est pressé. Se sent mal.

C'est Zakarya qui s'inquiète.

– Qu'est-ce qui t'arrive ?

– Des crampes d'estomac.

Zakarya lâche un petit rire aigre. Il hallucine. C'est foutu. Ousmane a ses propres démons.

– J'ai besoin d'une planque, lâche-t-il malgré tout.

Leurs regards se croisent furtivement. Ces phrases ne leur appartiennent pas.

– C'est quoi, l'embrouille ?

Zakarya esquive d'un léger mouvement d'épaule. Il aurait bien voulu pourtant se délester de son fardeau, raconter son cauchemar.

– Mec, j'ai pas de planque… Tu me prends pour qui ?

– Laisse tomber…

Zakarya recule de quelques pas. Ousmane aurait dû le retenir, insister pour savoir… Il ne fait que maugréer quelques mots inaudibles, balaie le problème d'un large mouvement du bras et disparaît sans lui jeter un regard dans le hall d'un immeuble de la rue de la Roquette. Zakarya sent le sol se dérober sous ses pieds. Voilà, c'est fini. Il est dans l'impasse.

Il marche.

S'éloigner de son quartier, se dissoudre dans la nuit, un pas puis l'autre, *comment fait-on pour disparaître, lâcher son téléphone portable, combien d'argent en poche, tout seul, pour aller où…* Il ferme les yeux, prend une inspiration, se concentre sur les étranges gargouillis que produit son ventre. Il est sur les rives de la Seine, au pont de l'Alma, tout près de la flamme érigée en l'honneur de la princesse Diana, morte ici, sa Mercedes fracassée sur le pilier. Il est déjà venu, il se souvient, sa mère y avait déposé des pivoines blanches un jour de printemps pluvieux. Il s'assoit sur le muret qui surplombe l'entrée du tunnel, ses pieds pendent dans le vide. Des voitures filent à toute allure, encore rares à cette heure-là, le soleil pointe à l'horizon, il se met à les compter, se perd dans les chiffres, lève la tête pour admirer la tour Eiffel dont la pointe disparaît dans la brume. L'air est irrespirable, il est pas sûr d'aimer cette ville, elle n'a jamais voulu de lui.

À quoi sa mère avait-elle rendu hommage en déposant des fleurs, un truc de midinette, ça ne lui ressemblait pas. Il devait avoir 13 ans, ou 14, c'était leur premier été à Paris, elle avait dû expliquer pourquoi, mais il n'écoutait rien, n'entendait rien, elle le faisait chier, *tu me fais chier!* La brûlure de sa rage était bien trop puissante.

Il pivote sur lui-même, saute sur le sol et se remet à marcher.

Elle va commencer à l'attendre. S'inquiéter. Il l'imagine très bien, assise dans le grand fauteuil près de la fenêtre, une tasse de thé à la main, qu'elle avale par petites gorgées brûlantes puis tièdes et froides, ne bougeant pas, ne cillant pas, entièrement concentrée sur l'idée de son retour. Comme si ne penser qu'à lui pouvait suffire à éloigner le malheur, à empêcher les bêtises.

Les bêtises... Le mot lui fait mal. Il l'écrase sous ses pas.

Il revient vers sa mère, imagine qu'il s'excuse, il s'est toujours excusé. Il la prend dans ses bras, lui caresse la tête, les cheveux, l'apaise comme si elle s'était fait mal au genou en tombant, *là là, ça va aller, maman, t'en fais pas, je vais m'en sortir, je serai fort je te le jure, tu ne seras pas déçue.*

Son téléphone se met à vibrer.

Une fois, deux fois... dix. Il faudrait l'éteindre à défaut de répondre. Ou s'en débarrasser. Il n'y arrive pas.

Il est descendu sur les quais. S'aperçoit qu'il y a un peu de sang sur ses baskets aussi et le bas de son jean. Une tache noire, épaisse. Il en a la nausée. Du fond de sa poche, il sort son couteau suisse, enfonce la lame dans le tissu qu'il découpe d'un coup sec. Ça lui fait comme un short. Il jette le reste dans une benne.

Les premiers joggeurs ont fait leur apparition sur le bitume. Il se cale sur le rythme d'un type qui regorge d'énergie. Une longue foulée, des kilomètres à bouffer, la douleur des muscles, réelle, intense, lui fait du bien.

Le soleil est déjà haut. La chaleur est montée d'un cran, l'air oppressant, le goudron fond maintenant par endroits. Un vendeur à la sauvette lui vend deux petites bouteilles. Il a faim. C'est intenable, ce vertige qui n'en finit pas de lui tordre les entrailles. Des touristes italiens se prennent en photo, des selfies, des rires devant la tour Eiffel, il rit avec eux, propose de les prendre tous ensemble, ils s'amusent, font et refont des photos jusqu'à être tous satisfaits. Ils le remercient, *y a pas de quoi, grazie, arrivederci*. Ils se serrent la main.

Dans le portefeuille, il trouve 30 euros qu'il glisse dans sa poche. Et jette sans un regard le reste pardessus bord.

De ça, ils ont un film. Et de la suite aussi.

Pour la fin, comme une apothéose, il a choisi la ligne 6. Ce morceau entre Bir-Hakeim et Passy, le spot le plus connu des surfeurs. C'est là que l'a conduit sa marche. La semaine passée, un Suédois s'est loupé en sautant au passage du métro. On l'a retrouvé sous les rails. Il s'en fout. Ce dimanche-là, crever lui semble anecdotique, il est vivant, il est courageux, libre, il n'a pas peur, il va y arriver, il veut vérifier qu'il peut dompter sa mauvaise étoile, parfaitement, oui, il va leur montrer, *un destin? Quel destin?* Il les emmerde, il est libre, grimpe à Passy, se tient debout sur la verrière, laisse passer un train puis deux, son cœur cogne, ses jambes tremblent, il a l'habitude, il va le faire, rit, et pense, *on ne me croira pas, on ne me croira jamais,* s'en fout *tiens bon,* sent la verrière qui vibre, de plus en plus fort, le train s'approche, plus près, encore un peu, cette fois, il saute. Quelqu'un crie derrière lui. Il est allongé les bras en croix sur le toit du wagon, il faudrait se mettre debout, défier la tour Eiffel, se montrer, tu les emmerdes, tu peux être fier de toi, tu sens que le train freine, ça crie, ils montent, et après… et après…

Juin 2019
Tribunal des assises de Paris
Procès jour 1

Les jours d'audience, surtout quand les procès s'annonçaient difficiles, Léonie Colancelle s'arrangeait pour être au tribunal dès son ouverture, quand le lieu était encore étrangement silencieux. Elle avait pris soin la semaine passée de faire porter à la prison une veste, une chemise blanche et des chaussures neuves que Mme Benothmane avait achetées à son fils. Avec ces jeunes des cités, Léonie Colancelle insistait lourdement sur l'importance de l'image qu'on donne de soi-même. Un petit discours bien rodé qu'elle ponctuait d'une imitation caricaturale, forçant sur leur démarche chaloupée, leur syntaxe hasardeuse et leur débit marmelade. Elle provoquait des réactions mitigées, ne comptait plus le nombre de fois où elle s'était fait traiter de pute ou de raciste. Elle s'en foutait. Enfonçait le clou comme un médecin qui n'a pas d'autre choix que d'opérer sur des chairs à vif.

– *Tout* compte dans le verdict des jurés !

Pour Zakarya, Léonie ne s'était pas fait de souci

particulier. Il avait toujours beaucoup d'allure, même habillé n'importe comment. Après un an de détention dans des conditions lamentables, il avait gardé une sorte d'élégance et de délicatesse qui contrastaient étrangement avec l'affaire qui l'avait conduit là. La chemise blanche, le costume ne pourraient que rehausser le bel éclat de ses yeux noirs et la noblesse de ses traits. Ainsi rien n'avait préparé l'avocate à la vision de ce visage déformé, violet et si gonflé que l'œil droit était à moitié fermé. Elle en resta sans voix. *Se battre juste avant son procès, quel crétin !*

– Mais pourquoi vous ne m'avez pas prévenue ? J'aurais trouvé le moyen d'ajourner le procès ! s'exclama-t-elle, furieuse.

Il répondit sans lever les yeux vers elle.

– Rage de dents.

Merde !

Elle se tourna vers le gendarme.

– Vous pourriez le détacher, s'il vous plaît ?

Le fonctionnaire de police s'exécuta et sortit de la pièce.

Elle s'assit à côté de son client, chercha ses mots durant quelques secondes, il ne fallait surtout pas le braquer.

– Monsieur Benothmane, vous n'imaginez pas combien votre apparence peut suffire à…

– Pas question.

Il faisait déjà une chaleur épouvantable dans cette petite pièce. Zakarya sentait affreusement mauvais, il avait dû souffrir comme un damné.

– On vous l'a arrachée ? demanda-t-elle, conciliante.

Il secoua la tête et leva deux doigts.

– Deux ?

Elle se gratta le visage. Elle se grattait toujours le visage quand elle contenait ses colères. *Comment peut-on laisser des gens dans un tel état de dénuement, comment ose-t-on prétendre juger quiconque au nom du droit alors qu'on les traite comme des bêtes ?*

– Vous êtes en train de ruiner votre maquillage..., marmonna Zakarya.

Elle sursauta, surprise une fois encore par cette capacité qu'il avait de deviner ce qu'elle aurait préféré garder pour elle. S'écartant légèrement de lui comme pour forcer la distance avec ses propres émotions, elle déclara d'une voix solennelle :

– Monsieur Benothmane, je vais expliquer au président que vous n'avez pas reçu les soins en temps voulu. Et que par conséquent, vous n'êtes pas en état de...

Il l'arrêta d'un geste.

– J'ai dit non. Je n'en peux plus d'attendre. Je veux savoir combien. Point barre. Vous comprenez ou quoi ?

Elle comprenait. C'était pas ça le problème. Mais c'était mal parti, encore plus que prévu, il le savait et ça ne changeait rien. Buté. Mutique. Exaspérant. Elle serra les poings.

– OK ! Mais je vais quand même le prévenir. Et par rapport aux jurés... tenez-vous la joue, qu'ils comprennent que vous avez mal. J'y vais. On se retrouve dans la salle.

Elle posa la main sur la poignée de la porte.

– Ah, j'oubliais...

Du fond de son sac, elle sortit une fiole de parfum.

– Je suis allée spécialement chez Francis Kurkdjian.

C'est toujours de l'oud mais dans une proposition plus ambrée... enfin, c'est ce que m'a dit la vendeuse.

Les yeux de Zakarya s'étaient mis à briller. Elle sourit. Il n'avait pas idée à quel point il pouvait être bouleversant. Il tendit la main pour prendre la petite bouteille.

– Je l'avais senti tout de suite quand vous vous êtes assise... je me demandais... j'aime bien...

Il l'approcha de ses narines et respira profondément en plissant les yeux avant de glisser le flacon dans le creux de son cou, sur sa veste, et pour finir sur ses poignets.

– Merci.

Il le lui rendit. Elle le rangea dans son sac. Ils évitèrent de se regarder. Elle sortit.

– À tout de suite !

Elle fila vers le bureau du président Delausne qui la reçut assez froidement. Elle lui arracha la promesse qu'il évoquerait pour les jurés la cause des bleus sur le visage de son client.

Léonie préférait aussi cette version ambrée du parfum, la vanille adoucissait l'âpreté de l'oud. C'était étrange, elle le savait. Un peu limite mais pas contraire à la déontologie. Et puis, de toute façon, qui se souciait de savoir comment au fil des mois précédant son procès elle avait fini par gagner un peu de la confiance de Zakarya Benothmane ?

Juin 2019
Tribunal des assises de Paris

ORDONNANCE DE MISE EN ACCUSATION

Zakarya gardait la tête baissée, dos voûté, coudes posés sur ses cuisses.

Il cherchait la force de se redresser pour se tenir droit, tourner la tête vers eux, sa mère et tous ceux qu'il n'avait pas vus depuis son incarcération. Lequel était venu, laquelle serait absente, qui l'avait oublié, effacé et déjà condamné ? Certains allaient témoigner, il ignorait lesquels et ce qu'ils pourraient dire. Il leva les yeux. Au premier rang, il y avait la famille de Paco Moreno. Sa mère, son père et ses deux sœurs, tous habillés en noir, serrés les uns contre les autres, douleur intacte, traits tordus par la haine ou par les mois d'attente, *comme moi*, se dit-il, et aussitôt il fut submergé par la honte.

Des larmes brillaient dans les yeux de sa mère. *Ah oui, c'est vrai que j'ai la gueule de travers...* L'avocate s'approcha d'elle et lui chuchota des mots à l'oreille. Il recula sur sa chaise, dos droit, menton relevé. Sa vue s'était brouillée, ses oreilles bourdonnaient, yeux clos, il respira un grand coup, son cœur cognait dans sa tête, son ventre vide gargouillait, le sol se mit à tanguer… *non, impossible, je vais pas flancher, pas maintenant, pas devant eux.*

Une main se posa sur son épaule.

– Ça va pas, gamin ?

Zakarya se retourna, surpris. Le gendarme semblait réellement s'inquiéter.

– Tu veux un verre d'eau ?

Il hocha la tête.

– Je crois que j'ai faim.

L'homme plongea la main au fond de sa poche.

– Vous êtes tous pareils, rien manger un jour comme celui-là.

Il lui tendait un paquet de barquettes au chocolat. Zakarya les regardait, éberlué.

– Ben vas-y, prends-le, j'en ai d'autres…

Il se rua dessus, les dévora avant de se rendre compte qu'il ne l'avait même pas remercié. Il se tourna, ouvrit la bouche mais l'autre l'empêcha de poursuivre.

Il recula d'un pas et lui fit signe du menton.

– Ça commence…

Annoncé par le greffier, le président entrait, suivi de ses assesseurs. Le brouhaha dans la salle s'atténua, les gens remuaient encore, cherchaient une place, ouvraient une fenêtre. On étouffait déjà.

Ses énormes dossiers sous le bras, la Colancelle fit son entrée aussi. Avec son corps spectaculaire et sa chevelure de diva, elle aimantait immédiatement les regards et elle le savait. Le président Delausne et l'avocat général Petitjean la laissèrent s'installer, farfouillant dans leurs dossiers en feignant de l'ignorer.

La Colancelle prit place et se tourna vers son client, glissant sa main sous la vitre pour serrer la sienne. Elle avait encore ajouté du fond de teint et du fard à joues sur son visage. Elle était belle mais c'était beaucoup trop. Ça arrivait parfois quand elle venait lui rendre visite en prison. Ces jours-là, elle avait presque toujours une mauvaise nouvelle à lui annoncer.

– Nous allons procéder à la constitution du jury, lança le président Delausne.

Ils étaient là, une trentaine, avec chacun un numéro dans la main, tous les âges, hommes et femmes, fixant avec anxiété le greffier qui allait procéder au tirage au sort.

Zakarya baissa les yeux. Des images venaient le percuter sans cesse depuis qu'il était enfermé. Des souvenirs sans doute sauf qu'il ne reconnaissait rien, ni les lieux ni les gens. Torture subtile produite par son cerveau, pour lui rappeler cruellement que le dehors existe et que tu es dedans, qu'il y a de l'air et que tu étouffes, des couleurs quand tu broies du noir. Incapable d'affronter le ballet étrange des témoins tirés au sort, choisis ou récusés – et ce premier duel que se livraient la défense et le ministère public. Il releva la tête quand ils furent tous installés à leur place. Cinq hommes et quatre femmes aussi impressionnés que lui. Il y en avait trois qui avaient à peine plus que son âge et d'autres qui avaient l'air si vieux, si sérieux…

– Accusé, levez-vous et veuillez décliner votre identité.

Zakarya se mit debout, les deux mains croisées devant lui, et il commença à parler, aussitôt interrompu :

– Parlez plus près du micro, on ne vous entend pas !

La Colancelle l'avait pourtant prévenu. Il lui jeta un coup d'œil. Elle avait l'air agacée. Il fallait qu'il essaie, qu'il s'applique, pourquoi n'y arrivait-il pas ?

– Excusez-moi… Je m'appelle Zakarya Benothmane. Je suis né le 22 novembre 1999 à Nevers. J'habite à Paris, chez ma mère, villa Curial dans le XIXe arrondissement. J'ai un CAP de paysagiste-horticulture et j'effectuais un stage à la mairie de Paris, avant.

– Merci.

Le président Delausne se tourna vers les jurés.

– Sachez que M. Benothmane a cette… allure, cette… tête… non parce qu'il s'est battu mais bien, nous l'avons vérifié, parce qu'on vient de lui arracher deux dents.

La Colancelle secoua la tête pour appuyer ses propos. Les jurés le fixaient, interloqués. Il s'efforça de supporter leurs regards. Haussa les épaules en manière d'excuse. La Colancelle lui décocha un sourire encourageant.

Le président Delausne poursuivit :

– Je vais maintenant présenter l'ordonnance de mise en accusation que m'a transmise le juge d'instruction.

Il prit soin de se pencher vers les jurés, de les regarder à tour de rôle pendant qu'il leur donnait quelques explications.

– Cette ordonnance est un rappel des faits. Je vous conseille de prendre des notes et de les commenter à mesure des jours qui viennent. N'hésitez pas à poser des questions.

Enfin, il se lança :

– Dans la nuit du samedi 20 juillet dernier, aux alentours d'une heure du matin, les forces de l'ordre sont appelées par un homme qui, alerté par les bruits d'une bagarre dans la cour que surplombe son appartement, s'inquiète de voir une silhouette à terre qui ne se relève pas. Les secours et la police arrivent quelques minutes plus tard au club de boxe le BoxoumBis et y découvrent le corps inanimé de Paco Moreno, 21 ans, qui baigne dans son sang mais qui respire encore. Il est transporté en urgence à l'hôpital Lariboisière où il décédera le lendemain en milieu d'après-midi sans avoir repris connaissance. L'équipe médicale a constaté qu'il avait été roué de coups. Nombreuses contusions sur le corps, éclatement de la rate, d'un rein, fracture du tibia et enfin un traumatisme crânien qui a provoqué une hémorragie cérébrale à l'origine de son décès.

» Je signale que les médecins de l'hôpital comme le médecin légiste ont tous noté l'extrême violence avec laquelle ces coups ont été portés. Ne laissant aucune chance à Paco Moreno de s'en sortir vivant.

» L'enquête conduit très vite la police sur les pas de Zakarya Benothmane.

» Il a rendez-vous avec la victime à 22 h 30 au club, rendez-vous donné par Paco pour *s'expliquer*. Paco et Zakarya sont les deux meilleurs éléments de ce club amateur. Trois semaines auparavant, M. Benothmane est sanctionné par son coach, lassé de ses absences répétées. Ce dernier le remplace par Paco Moreno pour une importante compétition. Zakarya Benothmane crie à l'injustice et menace de mort Paco Moreno devant tout le club. Leur entraîneur Djibril Doukouré et les jeunes présents ce jour-là ont tous confirmé que l'accusé avait totalement perdu le contrôle de lui-même.

» Le soir des faits, Zakarya Benothmane admet s'être rendu au club. Mais il affirme avoir trouvé Paco Moreno à terre et baignant dans son sang. Pris de panique, et victime d'un piège qu'on lui aurait tendu, il aurait choisi de s'enfuir.

» M. Benothmane est par ailleurs connu des services de police. Il est un habitué de la justice des mineurs, et a été condamné à 150 heures de travaux d'intérêt général pour vols divers, voitures et scooters en bande organisée. Il est aussi coutumier de conduite sans permis. Il reste très confus sur son emploi du temps de cette nuit-là et est interpellé en fin d'après-midi le dimanche alors qu'il pratiquait du *subway* surf sur la ligne 6.

» Monsieur Benothmane, la cour vous reproche d'avoir volontairement donné la mort à M. Paco Moreno. Reconnaissez-vous les faits qui vous sont reprochés ?

– Non, monsieur le président. Je n'ai pas fait ça, je ne l'ai pas tué. Quand je suis arrivé, il était déjà mort.

Il s'effondra sur l'inconfortable chaise de bois. Ne sentait plus que leurs regards avides dans ce silence brutal. Leur mépris. Leur curiosité. Leurs questions. Ce serait tellement plus simple de faire l'aveu qu'ils attendaient, ça irait tellement plus vite, plié en quelques heures.

En cellule, dans son trou à rats, il pourrait espérer un peu d'oubli.

24 juillet 2018
Commissariat du XIXe

PREMIÈRE CELLULE

Cela faisait déjà quatre heures qu'ils cuisinaient le gamin qui n'avait rien lâché. Mais l'inspecteur Rozier restait confiant. Quand ils l'avaient cueilli, il traînait dans la rue depuis trois jours et il n'en pouvait plus. Il leur était quasiment tombé dans les bras. Même si Rozier s'était attendu à ce qu'il passe plus vite aux aveux. Le gamin faisait de la résistance, s'obstinant à nier toutes les charges qui s'accumulaient contre lui.

Ils venaient de le descendre en cellule. Ça faisait de l'air à tout le monde. Benothmane ne répondait plus aux questions si bien que les collègues s'étaient mis à le bousculer. Rien n'est pire pour un flic qu'un môme arrogant qui refuse l'évidence. Mais ils avaient de la chance, en bas, il faisait une chaleur torride. Sans eau, sans clopes et sans rien à bouffer, il risquait de se ramollir un peu, d'être moins résistant.

Rozier fumait une cigarette à la fenêtre quand on vint l'avertir qu'une avocate avait été désignée par la famille et qu'elle était en route. L'inspecteur cacha mal sa surprise.

– Pour Benothmane, t'es sûre ?

Sa collègue ignora la question, agacée.

– Elle s'appelle… Léonie Colancelle. Elle est de l'autre côté du périph, dans le 92. Ça nous laisse deux heures.

– OK. Remonte-le, il va falloir faire vite…

Rozier se demandait qui allait payer les frais de la brillante avocate. Qui prendrait cette peine. Cette affaire l'ennuyait. Il faisait décidément trop chaud.

Le suspect était en nage, rouge, dégoulinant de sueur. Rozier se leva pour entrouvrir la porte et faire un courant d'air.

– Tu m'en voudras pas, mais vraiment tu sens mauvais.

Il se rassit dans son grand fauteuil noir, bascula en arrière et s'alluma une cigarette.

– Tu as soif ?

Benothmane hocha la tête sans le regarder.

– On va t'apporter un verre d'eau. Mais ce serait mieux si tu le demandais. Tu sais parler, non ?

Le jeune homme releva la tête, sourit, et le fixa d'un œil morne.

– Je voudrais un verre, s'il vous plaît monsieur, j'ai soif.

Rozier sortit une bouteille qu'il avait à ses pieds et la lui tendit. Il remplit un verre en plastique. Le suspect le porta à ses lèvres et en vida la moitié. Avec ses allures de mollusque insaisissable, il commençait sérieusement à lui râper les nerfs.

Ils allaient manquer de temps.

– Pourquoi tu l'aimais pas, Moreno ? D'après ton entraîneur, t'étais pourtant beaucoup plus fort que lui.

Un éclair de surprise passa dans son regard. Il avait compris. On venait d'interroger Djibril Doukouré et il avait rapporté des faits décisifs. Benothmane se renfrogna et ne répondit rien.

– M. Doukouré affirme que tu as menacé de mort Paco Moreno, il y a quelques mois, tu t'en souviens ?

Pas de réponse. Il haussa la voix.

– Hé ! je te parle !

Le jeune homme sursauta. Il n'arrêtait pas de se frotter le bout du nez. Il suait maintenant comme un porc.

– J'ai dit ça parce que j'étais véner. Il venait de prendre ma place dans un combat que je préparais depuis des mois.

– Ce n'est pas exactement ce que m'a dit M. Doukouré…

Zakarya blêmit. L'inspecteur fit mine de chercher le rapport dans ses papiers. Il le feuilleta, et se mit à en lire des extraits d'une voix neutre.

– … il ratait ses entraînements… il n'écoutait plus personne… Dans mon club, je ne veux pas seulement des mecs qui déchirent au combat, je veux du fond, de la constance…

Zakarya avait piqué du nez. Rozier laissa le silence s'installer.

– Je l'ai pas tué, monsieur, c'est pas moi. C'est tout.

Il se ratatina sur sa chaise. Et puis il se ravisa.

– Ça veut pas dire que c'était pas un putain d'enfoiré.

Rozier sauta sur l'occasion.

– Tu lui en voulais tant que ça ?

– C'est pas que je lui en voulais, j'avais pas de respect. C'était quelqu'un qui pensait qu'à sa gueule. Et qui cachait bien son jeu. Sur le ring, c'est le seul endroit où il pouvait plus tricher...

Il s'arrêta brusquement comme si quelqu'un l'avait averti d'un danger.

– Ça sert à *rien*, je vous dirai *rien*... j'ai *rien* à dire. C'est pas moi, c'est tout, faut chercher quelqu'un d'autre !

– Et t'as une idée de qui ça peut être ?

Benothmane secoua la tête. Il se creusait visiblement les méninges. Rien à dire, il faisait parfaitement illusion.

– Non, je vous jure... Faut être malade mental pour faire un truc pareil.

– OK, mais ça me dit pas où t'étais, avec qui, pour quoi faire...

Silence.

– T'as la trouille de parler ?

La question le rendait terriblement nerveux. Possible qu'il soit obligé de protéger des mecs qui le tueraient s'il passait à table... Il soupira. Le môme ne semblait pas se rendre compte de ce qu'il risquait à jouer ce jeu-là.

Il tapa un grand coup sur la table.

– Tu sais que tu commences à me faire chier à nous prendre pour des cons ! Avec tout ce qu'on est en train de ramasser comme infos, on a de quoi te mettre en examen, que tu parles ou que tu continues à faire l'innocent.

Ces menaces ne le firent pas vaciller. Il leva ses grands yeux noirs vers lui et soutint son regard. Il était plus coriace qu'il n'en avait l'air. Rozier eut l'impression désagréable que la carapace de Zakarya était en train de s'épaissir, que bientôt plus rien ne pourrait la briser.

– OK, on reprend. Raconte-moi comment ça s'est passé ce soir-là !

Benothmane sourit.

– On se croirait dans un film.

L'inspecteur ne releva pas. Il avait entendu cette phrase mille fois. Jusqu'au moment où ces petits cons se retrouvaient enfermés entre quatre murs, ils n'avaient pas l'air de comprendre qu'ils étaient dans la vraie vie. Et qu'au final, dans cette vie-là, tout le monde se foutait qu'ils existent ou qu'ils crèvent.

– Paco Moreno te donne rendez-vous à 21 heures au club. Juste après la fermeture. Il te dit pas pourquoi et toi, tu fonces sans poser de questions. Je comprends pas…

– J'étais sûr qu'il voulait qu'on s'explique. Et j'étais pour, comme ça, *face to face*, avec les gants et sans personne. Fallait bien que ça arrive un jour ou l'autre.

– T'as quand même essayé d'avancer l'heure du rendez-vous… c'est que t'as dû trouver ça bizarre.

– Oui. Et puis après, j'ai pensé qu'il tenait à ce qu'on soit seuls. Ça m'a plu.

– OK, tu y vas… il te plante…

– Je l'ai appelé. Il répondait pas. Direct sur son répondeur.

– On a tes messages. Trois. De plus en plus véner…

Rozier reprend la première déposition et lit.

– … *à quoi tu joues, mec ?! T'es vraiment qu'un baltringue !*

Zakarya ironisa :

– C'est pas vraiment des menaces de mort...

– C'est à ce moment-là qu'il arrive... il te prend la tête... le ton monte...

Benothmane soutint son regard.

– J'y retourne après parce que je vois qu'il m'a envoyé un message. Point final.

– Ouais, à 22h30... *T'es dans le coin? désolé, un problème avec ma bécane, j'y suis.* Toi, tu réponds *OK*. Et à 23 heures, on reçoit l'appel du voisin.

– Je l'ai vu sur le sol qui baignait dans son sang. Je me suis barré direct. Je peux rien dire de plus parce que je sais rien. Et si quelqu'un d'autre avait envoyé le SMS ?

– Qui ?

– Ben, je sais pas, celui qui l'a buté... pour m'enfoncer moi...

– OK. Et t'étais où ?

– Je traînais.

– Tu protèges qui ?

– Personne.

– T'as peur de qui ?

– Putain, je vous le jure, c'est pas moi !

– Si c'est pas toi, c'est qui ? Explique-moi qui en voulait à ce point-là à Moreno ? Qui, à part toi je veux dire...

Le flic repose le papier sur la table. Se lève, aspire une bouffée de tabac. Ça le calme. Il a envie de coller le gamin contre le mur.

– Tu te rends compte que ça tient pas debout ?

Benothmane hocha la tête. Il n'avait pas l'air si con. Affolé mais tenace.

– T'as aucun alibi, il n'y a aucune caméra qui révèle ta présence dans le coin entre 21 heures et 23 heures… C'est dead, tu le sais, ça… ? Faut que tu lâches le morceau, je te jure que c'est dans ton intérêt…

Zakarya l'interrompit en imitant sa voix un peu trop grave :

– Les jurés en tiendront compte au procès…

Rozier n'en tirerait rien avant l'arrivée de l'avocate. Ce gamin n'avait pas peur de tomber. Il devait avoir une bonne raison de se taire, une grande habitude des silences aussi. Rozier pouvait presque voir l'épaisse toile d'araignée qu'on avait tissée autour de lui et dans laquelle il était savamment enrobé.

L'inspecteur en éprouva une étrange tristesse. Il jeta sa cigarette dans la cour avant de l'avoir finie et referma la fenêtre.

Procès jour 1

UNE ENQUÊTE DE PERSONNALITÉ

– Je m'appelle Karine Rousseau, j'ai 39 ans, j'habite à Clamart dans les Hauts-de-Seine. J'ai été saisie par le juge d'instruction pour faire une enquête de personnalité de l'accusé dès le mois d'octobre 2019. Je me suis rendue à trois reprises à Rouen, pour me heurter à un mur de méfiance et à un refus assumé de coopérer. Les éléments que j'ai pu rassembler proviennent donc de ceux qui ont côtoyé l'accusé, jamais de sa propre bouche.

» Zakarya Benothmane est originaire de la Nièvre où il est né en 1999. Il n'a pas été reconnu par son père, porte donc le nom de sa mère et grandit à Brinay, un petit village situé sur les contreforts du Morvan où il passe une enfance plutôt ordinaire, sans doute assombrie par le long combat de sa mère avec l'administration pour obtenir la nationalité française après un passé difficile qu'elle ne cache pas à son fils. Née au Maroc à Agoudim dans les montagnes de l'Atlas, elle est vendue et mariée à l'âge de 12 ans à un homme qui en a plus de 40, elle fuit son pays à 16 ans, trouve des appuis qui vont l'aider à passer les frontières et atterrit dans la Nièvre, où elle survit grâce à une association tout en commençant des études. Elle entre à 24 ans dans une société de cosmétiques de la région où elle va gravir les échelons jusqu'à occuper une place d'assistante de direction.

» Si Zakarya ne parle pas plus de son enfance que du reste, il se montre très fier du parcours de sa mère. C'est la seule chose qu'il ait accepté de me raconter. Par ailleurs, il n'a laissé aucun souvenir particulier dans le village où il a grandi. Ses résultats scolaires sont bons, ses professeurs satisfaits. Jusqu'à ses 13 ans, il a été un garçon sans histoires.

» C'est une promotion de sa mère qui provoque un brusque déménagement à Paris où elle a trouvé un bon poste, mieux payé. Elle travaille à la conception marketing d'une nouvelle ligne de shampoings, s'investit corps et âme dans sa nouvelle vie... sans doute un peu, reconnaît-elle aussi, au détriment de l'éducation de son fils.

– N'importe quoi... ! Je n'ai jamais dit ça !

La voix de Yasmine avait fusé dans la salle d'audience. Tout le monde se tourna vers elle. Elle se leva et poursuivit d'une voix ferme :

– Zakarya, c'est pour moi la chose la plus importante au monde. Je l'ai toujours fait passer en premier et je serai *toujours* là pour lui.

Et elle se rassit.

Il y eut un léger remous dans l'assistance et chez les jurés. Le président Delausne fronça les sourcils. Il se tourna vers elle.

– Madame Benothmane, je vous demande fermement de ne plus intervenir. Vous n'avez pas le droit de prendre la parole de façon intempestive, vous le savez, on vous l'a expliqué…

– Oui, monsieur le président, on me l'a expliqué. Mais personne ne peut dire que je ne me suis pas assez occupée de mon fils. Juste parce que c'est faux.

– On a compris, madame, je vous demande maintenant de vous rasseoir et de vous taire ou je vous fais évacuer de la salle.

Yasmine obéit, sans baisser les yeux. Léonie avait laissé faire. Elle n'était pas étonnée. La mère de Zakarya était magnifique.

Karine Rousseau poursuivit :

– Yasmine et Zakarya s'installent dans un petit trois pièces d'une cité du XIXe arrondissement. Petite et grande délinquance, migrants en errance, taux de chômage important, pauvreté et misère habituelles des quartiers défavorisés. Sans doute un peu perdu et sous le coup de cette « migration », Zakarya se lie très vite avec ce que le collège et la cité ont de plus déviant. Il est insolent, souvent exclu de cours malgré des résultats scolaires encore satisfaisants. Tous ses professeurs notent qu'il a des connaissances solides et des capacités réelles. Il comprend vite, apprend vite et… s'énerve tout aussi vite ! À plusieurs reprises, l'institution scolaire tente d'alerter Mme Benothmane qui tombe des nues. Son fils détourne le courrier, efface les courriels, se débrouille pour donner de faux numéros de téléphone au collège… et jure de sa bonne foi quand on le prend la main dans le sac. Il clame qu'il est victime d'injustice. Le fait est qu'il manipule de mieux en mieux sa mère qui se laisse berner par ses promesses et sa gentillesse de façade et…

– Vous dites n'importe quoi ! Zakarya n'est pas un manipulateur. Je le sais, c'est mon fils, je le connais mieux que personne ! C'est insensé de dire des trucs pareils – des hypothèses, rien que des ressentis – dans un procès sans preuves et sans aveux !

Yasmine, vent debout, le poing levé, avait le visage déformé par l'émotion.

– Madame Benothmane, je vous en prie…

Cette fois, c'était trop.

Le président allait la faire sortir de la salle. Léonie Colancelle se précipita vers elle pour l'empêcher de poursuivre. Étonnamment, Yasmine obéit aussitôt. L'avocate eut alors la certitude que son « explosion » outrée était en fait savamment dosée.

Elle se tourna vers le président.

– Il faut excuser Mme Benothmane, monsieur le président. Cette intervention est réellement mal venue. Cela étant, si vous le permettez, sans remettre en cause le compte rendu de Mme Rousseau, je veux quand même souligner à quel point on frôle la caricature…

Le président Delausne l'arrêta d'un geste de la main, exaspéré.

S'adressant à la salle, il fit gronder sa voix :

– Vous savez que je suis le garant de la sérénité des débats. C'est mon dernier avertissement. Je ne tolérerai aucune autre intervention de ce genre, quelles qu'en soient les motivations.

Léonie Colancelle hocha la tête. C'était de bonne guerre. Elle jeta un œil à Zakarya. Il n'avait pas relevé la tête, dos voûté, les avant-bras posés sur ses cuisses.

Malgré sa posture contrite, il cachait mal la fierté qu'il avait de sa mère.

L'enquêtrice était devenue rouge écarlate mais n'avait pas lâché son papier des yeux. Elle reprit sa lecture, méthodiquement.

Zakarya se redressa et tourna enfin la tête vers Yasmine. Ils échangèrent un long regard, intense, d'une force telle que la salle d'audience tout entière en fut pour ainsi dire effacée. *Puisque tant d'amour est possible,* pensa Léonie Colancelle, émue.

Juin 2010
L'étang

L'enfant allait sur ses 11 ans. Ils n'étaient jamais retournés à l'étang depuis l'histoire du faon. Ce qui n'empêchait pas Sylvain Gauthier d'avoir la nostalgie des premiers temps à la cabane. Ils y avaient été si heureux, avec Yasmine, ils s'étaient tant promis... D'y penser lui fendait l'âme à chaque fois. Mais c'était mieux comme ça. Plus clair. Il ne fallait pas que le gamin se fasse des idées. Sylvain Gauthier ne serait jamais rien de plus qu'une ombre qui passait parfois – trop souvent – sur le corps de sa mère. Une ombre qui lui aurait appris à pêcher. Et à relâcher les poissons quand ils étaient trop petits pour être savoureux.

C'était plus qu'il n'en avait jamais fait pour Mathis, son fils légitime.

L'enfant le fixait de ses grands yeux noirs.

Comme ça, intensément, il ne le lâchait pas. C'était gênant. Ça finissait par l'irriter.

– Qu'est-ce que t'as ? Y a un truc écrit sur mon front que t'arrives pas à lire ?

Il s'obstinait à le fixer sans rien dire.

– Réponds !

L'enfant haussait les épaules

Non rien, rien à dire, partait en sautillant, disparaissait, mystérieux, irritant.

– Baisse les yeux !

C'était plus fort que lui, Sylvain ne supportait plus ce sale gosse qui avait compris comment le foutre en rogne. Mais perdre Yasmine était inenvisageable, alors il prenait sur lui, accumulait de la colère, tentait de se raisonner – laisse courir, fais pas attention à ce morveux –, et puis ça explosait, fallait bien l'éduquer, lui donner des limites, c'était pas des façons de jamais baisser les yeux, surtout quand on s'appelle Benothmane...

– Va falloir t'habituer, c'est pas toi qui commandes, ce sera jamais toi qui commandes !

L'enfant serrait les dents, les yeux noirs viraient violets, le coup partait sans prévenir, un premier suivi d'autres, de plus en plus forts, avec des cris d'abord, et puis en silence.

La première fois, le gosse avait sursauté, mis ses mains sur ses joues, les larmes avaient jailli, sans un cri. Sylvain Gauthier avait failli s'excuser, et non, il ne l'avait pas fait. Maintenant l'enfant ne pleurait plus, il encaissait les coups, se protégeait avec ses bras, attendait que ça cesse avant de disparaître. C'était toujours un peu de paix gagnée, un peu de temps tout seul avec Yasmine, et tant pis si elle lui faisait la gueule, tant pis si elle ne souriait plus, n'espérait plus rien de leur histoire, se taisait, le fuyait, tant pis, puisqu'à chaque fois, il la faisait jouir, qu'après toutes ces années, malgré la situation, malgré ce sale gosse, leurs corps ne pouvaient se lâcher.

Et puis l'enfant avait commencé à poser des questions.

N'arrêtait plus de poser des questions.

Quand est-ce que tu reviens?

Pourquoi tu restes jamais dormir?

Elle est où ta maison?

Tu as des enfants? Dis, est-ce que tu as des enfants?

Yasmine implorait son fils des yeux, le prenait contre elle pour enfouir sa tête contre son ventre.

Tais-toi mon fils mon enfant mon amour, tais-toi, je t'en supplie…

Mais ça ne changeait rien, l'enfant insistait, voulait savoir, l'entendre pour de vrai. Sylvain Gauthier ne répondait rien, partait en claquant la porte, venait moins souvent pour ne pas le réduire en bouillie

Yasmine lui manquait.

Il prit l'habitude de la baiser au boulot.

Tu me rends dingue, lui disait-il, je n'y peux rien, c'est ta faute, t'es trop belle – elle ne riait plus, ne souriait plus, elle était de plus en plus triste, les yeux brouillés, recroquevillée sur ses secrets.

Il se mit à avoir peur qu'elle le quitte, ou s'en aille. Il savait évidemment que ça finirait comme ça, mais plus le moment approchait, plus il avait besoin d'elle, paniquait, se débrouillait au boulot pour l'avoir toujours à portée de main, il la suppliait, ne me quitte jamais, j'en crève, je te jure, pendant qu'elle se laissait faire, qu'il tenait ses seins entre ses mains, sa bouche dans le creux de sa nuque, aspirant son odeur, et sa queue, sa queue, qui tentait de la retenir encore.

Il devint jaloux. Et ça la fit rire. Un rire méchant, insolent, insupportable.

Il avait tout fait pour l'oublier. Après cette fois où il

avait laissé des traces sur le corps de l'enfant, sur son visage, un petit bleu près de son oreille, un coquard de l'autre côté, au point qu'à l'école ils avaient commencé eux aussi à poser des questions, elle avait prétendu ne plus l'aimer. Il avait juré, il l'avait dit et crié, un jour, tu paieras le prix fort, dire des mots pareils, croire qu'il allait se laisser faire, piétiner, humilier par une bougnoule, t'es qu'une bougnoule, une moins que rien, une pauvre garce, une petite pute.

– Tu me dois tout, jusqu'à ta petite culotte.

Un jour, il se l'était juré, il l'avait dit, tu paieras.

Son insolence, sa liberté, ses rires qui résonneraient maintenant pour d'autres oreilles, et bientôt d'autres bouches, d'autres mains

et le reste à l'avenant.

Pour les 10 ans de Mathis, sa femme avait décidé d'organiser une fête. Il était né fin juin, ça tombait bien, toute la famille serait ravie de venir, elle voulait que ça ait lieu à l'étang – il n'y était pour rien, il l'avait juré à Yasmine, elle avait tout fait sans lui – et du coup, on inviterait aussi les employés, tous, pour une grande partie de pêche et le soir, on irait danser, dans cette grande salle où ils avaient fêté déjà le baptême de Mathis.

Ça lui avait fait du bien d'imaginer cette fête, de les imaginer ensemble, réunis, après tout, elle était comme ça sa vie, pleine de gens qu'il aimait, souffrait d'un excès d'amour. Ça pourrait apaiser, une belle fête. Pendant quelques semaines, le monde lui fut plus souriant, même Yasmine avait l'air plus légère, aérienne, et presque disponible.

... la fête est vraiment belle, joyeuse. Comme si soudain devant les 10 ans de Mathis, devant sa joie si pure, et intense, on ne pouvait que mettre ses rancœurs de côté. On s'accorde pour le dire. Tout est bon, la musique et la bouffe, le soleil est chaud, certains sont partis faire le tour de l'étang sur le petit bateau pour faire mine de pêcher, le vin coule à flots, et les enfants jouent courent s'amusent comme des fous, et son Mathis surtout, un bonheur de le voir exulter, lui d'habitude si timoré, si craintif et si seul, sa mère a eu raison, elle rayonne, sûre d'elle, régnant sur son monde, faisant chanter « joyeux anniversaire » à l'unisson, toutes ces voix vibrantes autour de lui, ça lui a serré la gorge, il a fallu leur dire un mot, leur dire merci, et prendre son fils et sa femme dans ses bras, sous leurs applaudissements enthousiastes.

Il est presque 18 heures quand ceux qui n'étaient pas invités à la fête du soir commencent à partir. Il a soigneusement évité de croiser Yasmine, elle l'a évité aussi, respectueuse, discrète, se fondant dans la masse des invités jusqu'à ce que

Ce putain de gosse

Cette petite ordure se mette à faire des siennes

entraînant Mathis dans une course endiablée, et tous les autres qui suivent, refusant de quitter les lieux, prétendant vouloir dormir ici, tous les dix plus un, ils se sont même trouvé un nom, la-bande-à-Brinay. Sylvain Gauthier renvoie l'enfant à sa mère.

– Pour toi, c'est l'heure de rentrer !

L'enfant ne bouge pas. Sylvain le saisit par le bras, le forçant à avancer, mais il résiste, trop content de pouvoir se montrer, se laissant tomber comme un sac, un poids mort; Sylvain enragé, le traînant, le tirant par les bras sous les yeux éberlués de toute la famille, les proches et les employés, sourires figés, pétrifiés, se tournant vers sa femme qui est devenue livide.

Elle ne peut plus ignorer ce qu'elle a toujours refusé de voir, que l'autre, la maîtresse, qu'elle a fait un enfant avec son mari, qu'elle a accouché avant même qu'elle, elle ait eu son premier, à quelques mois d'écart, quasiment en même temps.

Un enfant… le demi-frère de Mathis, un Arabe…

On l'avait pourtant prévenue, fais gaffe à cette traînée. Mais elle, elle haussait les épaules, elle refusait de donner de l'importance à cette moins que rien, détournait les yeux quand elles se croisaient.

– Ça lui passera, qu'elle répétait, comme sont passées les autres.

Ignorant farouchement l'existence de l'enfant par un effort constant, cet aveuglement/consentement/lâcheté qui est dit-on le propre des épouses, protégeant son bonheur, lâchement

Le bonheur de son fils

Son honneur

Et l'argent aussi

Sylvain s'apprête à lui foutre une raclée, la main en l'air

Mais Yasmine se met à courir, hurle.

– Lâche-le !

La femme de Sylvain Gauthier avant elle retenant sa main, s'interposant

– Lâche ce gosse

Il croise le regard de sa femme, des yeux brûlants d'une fièvre qu'elle ne lui a jamais connue.

Elle dit :

– Il vient dormir chez nous, cette nuit, c'est mieux pour Mathis, pour nous tous, on continue la fête ici.

Mathis pousse un cri de joie.

– Merci, merci, merci !

Il se jette dans les bras de son père. Et se tournant aussitôt vers l'enfant.

– Tu viens Zakarya ?

Yasmine supplie son fils de partir avec elle. Il refuse, une fois deux fois dix fois.

– Je vais dormir là-bas. Chez eux. Chez lui.

Elle se dirige lentement vers sa voiture. Sans un regard pour ses hôtes ou ses collègues. Marchant comme une automate, tête haute, tandis que derrière elle on remet la musique, les haut-parleurs crachotant un peu avant de laisser s'envoler les premières notes.

Sylvain Gauthier prend sa femme par la main et l'entraîne sur la piste de danse, il faut qu'on les voie, qu'on constate qu'elle sourit à nouveau, a séché ses larmes, blottie tendrement contre lui, alors que l'autre a filé comme une voleuse. Le monde tourne à nouveau dans le bon sens.

Il imagine Yasmine roulant à tombeau ouvert sur la petite route qui traverse la forêt de Saint-Saulge. Qu'elle pourrait se foutre en l'air, qu'elle y pense, foncer dans un arbre à toute berzingue, un grand coup, et son corps broyé mutilé inextricable

Ce serait un soulagement immense/une douleur insurmontable, d'y penser l'empêche de respirer, il serre sa femme un peu plus fort dans ses bras

– Sauve-moi sauve-moi fais quelque chose aide-moi

Elle comprend, elle se colle un peu plus contre lui, glisse sa main sous son tee-shirt, enfonce ses doigts, ses ongles dans sa peau, tendrement/méchamment, et le griffe, le creuse, ça fait mal à hurler

À la maison, enfants couchés, ils règlent leurs comptes.

– Comment tu as pu, tellement mentir tellement tricher me prendre pour une conne, pourquoi tu l'as pas dit quand…

Il se défend, bafouille.

– T'es tombée enceinte le jour où son gosse est né, comme si tu savais, comme si tu me retenais. Les deux garçons ont neuf mois d'écart, neuf exactement.

Elle hurle tape crie :

– Maintenant il dort là-haut dans la chambre de notre fils ! Et tu crois que… Tu imagines quoi ?

Avant l'aube tirer l'enfant du lit, le secouer

– Habille-toi.

Zakarya regarde Sylvain, éberlué.

Il panique

– Mais j'ai fait quoi ?

– Sors du lit, t'entends, fais ce que je te dis

Sa femme dans le couloir dans sa chemise de nuit, effrayée les yeux ronds les pieds nus.

– Tu vas réveiller Mathis

Sylvain hurle plus bas :

– Grouille-toi tu t'habilleras dehors suis-moi

Il ouvre la porte, le pousse sur le perron

– Rentre chez toi t'as rien à faire ici fous le camp fous le camp je te dis

Le gosse pieds nus, froc de travers, la porte claque

Il s'est rhabillé trop vite. N'a qu'une seule tennis, l'autre en cuir est à Mathis, avec une pointure de moins, à marcher sur 15 kilomètres.

Quand le jour se leva, Mathis demanda où était passé Zakarya.

Son père raconta qu'il était parti.

– Comme ça ?

– Comme ça. Sans dire un mot. Sans dire merci. Ben pourquoi t'es si triste. Elle était pas belle ta fête regarde il va faire beau encore une belle journée tu vas voir on va bien s'amuser. C'est quand même pas le fils de l'Arabe, ce mal élevé, qui va tout nous gâcher.

2013
Villa Curial – Paris XIXe

EXILS

Yasmine refusait de parler religion avec son fils.

Zakarya avait insisté pourtant quelques mois auparavant, alors qu'ils abordaient l'histoire de l'islam en classe. Il avait 14 ans. *Il était assez grand pour comprendre, non?* Elle avait répondu par monosyllabes à ses questions. Oui, c'est vrai, elle faisait le ramadan, non, elle n'était plus croyante, le ramadan, c'était par habitude, peut-être un peu parce que sa mère et ses sœurs lui manquaient.

– Mais ça, c'est si vieux, tu sais...

– Ben non, je sais pas! Tu en parles jamais!

– Je t'ai dit tout ce que tu dois savoir.

Il avait supplié. Avec cette impression de fouiller dans une plaie ouverte. Alors elle s'était mise à parler très vite, comme un animal pris au piège, comme si quelqu'un pouvait l'entendre et surgir pour la jeter aux chiens.

– Je ne crois plus en rien, Zakarya, c'est comme ça, je n'en suis pas fière, je ne revendique rien, des fois je me dis que c'est comme si je me reniais moi-même... mais je sais pas comment je peux faire autrement!

Il écoutait, tétanisé, retenant son souffle.

– Je me suis battue pour être libre, j'ai failli en crever, ça m'a coûté et ça me coûte encore et si Dieu existe quelque part...

Elle faisait rouler entre ses doigts un bout de papier sec qui crissait et lui tapait sur les nerfs.

– ... je sais bien que non...

Elle leva enfin les yeux vers son fils.

– Ici, autour de nous et à Brinay avant, je sais que tout le monde pense qu'on est des musulmans, comme si de porter ce nom-là, ça ne laissait pas le choix. Eh bien moi, pourtant, j'ai fait ce choix-là. Pour moi, c'est non. Pas de religion. Ni celle-là, ni une autre. Plus jamais personne ne me dira qui je dois être et comment je dois me comporter.

– C'est pour ça que t'es venue en France? Pour être une laïque?

– Laïque...

Le mot l'avait laissée rêveuse. Et finalement elle avait lâché, hésitante:

– S'il faut absolument me mettre dans une case...

Il s'était senti bête. Il essayait juste de poursuivre la discussion. Il restait tant de silences à explorer.

– Tu veux bien me parler d'Agoudim?

Elle avait hoché la tête.

Tourné la tête.

Tourné le dos. Debout. Et changé de pièce. Il avait renoncé. *Pas cette fois*, avait-il pensé. Il n'osait pas aller plus loin. Il aurait dû pourtant. Il se le reprochait. Mais sa tristesse lui faisait peur. Elle était contagieuse.

Quand elle se faisait plus vive, il fallait qu'il s'active, et se mette à courir, à crier, à rouler, à sauter. Jusqu'à effacer les questions dans sa tête. N'être plus que de la chair et du sang.

Il aurait pu lui dire qu'il partageait ce sentiment étrange, la nostalgie d'un petit coin de terre qu'il avait cru le sien pour toujours. Il ne lui restait rien de l'enfance à Brinay, *tout* avait disparu. Trou noir. Ils l'avaient décidé ensemble. Ne plus jamais en parler. Tout oublier. Tout recommencer. Et ça avait presque trop bien marché. Il ne se souvenait de rien. De presque rien. Il avait 15 ans, se sentait comme une page blanche, juste un peu sale et déchirée sur les bords. Les courbes rondes des contreforts du Morvan lui revenaient parfois en rêve. Il volait, savait comment descendre doucement en se laissant porter par le vent et frôler la cime des arbres, l'herbe fraîche et grasse du printemps, et suivre les lignes arrondies des haies vives. C'était flippant de sentir que les souvenirs revenaient, se faisaient une place à son insu et qu'il n'y pouvait rien.

C'était évidemment impossible d'en parler avec sa mère.

Ce soir-là, précisément celui-là, il vit dans la boîte aux lettres l'enveloppe au liseré noir. Elle venait de Brinay. Il la porta à son visage pour la sentir. Et la reposa sous le reste du courrier, la laissant soigneusement là où elle était, avec les autres.

Il devinait. Il avait peur. Il ne voulait pas savoir. Tant qu'on n'aurait rien dit, ça n'existerait pas. Colette serait toujours vivante. Un jour, il reviendrait à Brinay pour la serrer dans ses bras.

Ce soir-là, quand sa mère rentra enfin, il attendit qu'elle arrête de s'agiter comme une toupie, debout, assise, debout à nouveau, dans la pièce à côté, revenant pour laver une assiette et repartant pour lire un SMS sur son portable qu'elle avait laissé dans l'entrée. Pas une fois il ne réussit à croiser son regard. Il s'imagina soudain l'attraper par les épaules, la coller contre le mur, pour qu'elle se taise enfin, pour qu'elle se calme enfin, pour qu'elle arrête de fuir et de faire semblant. Il serra les poings.

– Maman...

Elle n'entendit pas. Ou feignit de ne pas l'entendre. Il détesta sa propre voix plaintive de petit chiot meurtri. C'était trop. Il se jeta sur son sac, enfila son blouson, claqua la porte derrière lui et dévala les escaliers quatre à quatre.

Avant de sortir dans la rue, il jeta un coup d'œil dans la boîte aux lettres. La petite enveloppe avec un liseré noir avait disparu. Il n'en fut pas surpris. Elle savait. Il faillit remonter pour lui demander *qui? c'est qui? putain mais comment tu peux me faire ça... c'était MA vie aussi.* Elle ne répondrait pas. Il le savait. Peut-être même avait-elle déjà brûlé l'enveloppe. Elle avait décidé de tirer un trait sur leur vie d'avant. Elle n'en démordrait pas. Il l'entendait déjà. *Tu n'aurais pas dû voir cette enveloppe.* Il avait fait un double des clefs pour contrôler les envois du collège comme le lui avait conseillé Kevin. Il ne dirait rien. Il ne fallait pas qu'elle le sache.

Dehors, il se mit à courir.

Zakaryaaaa...

Sa mère sur le pas de la porte. Il accéléra l'allure.

Qui, c'était qui…

À chaque pas de sa course, la même question et cette évidence qu'il refuse, il ne peut s'agir que de Colette, leur vieille voisine qui le gardait toujours après l'école, en attendant le retour de Yasmine. *Ma vieille Colette, t'es partie t'es plus là.* Les images de son enfance reviennent, presque trop nombreuses. Colette était là tous les jours avec un goûter pour lui, sa fameuse tarte au sucre, ses sorbets à la fraise. C'était lui qui tenait la lampe de poche quand c'était l'heure d'aller rentrer les poules, en plein hiver, c'était lui encore à qui elle confiait les semis au printemps ou qui montait dans l'arbre pour attraper les cerises et les mirabelles avant que les oiseaux ne s'en régalent. L'odeur étrange de cette crème avec laquelle elle pansait ses blessures, les bleus avec lesquels il revenait, les insultes qu'elle maugréait entre ses dents, ses câlins, la chaleur de ses bras enveloppants. Il était parti sans lui dire au revoir. Yasmine était allée la voir pour la prévenir. Elle avait fermé ses volets. Et n'avait plus répondu à leurs appels.

Plus jamais. Plus un mot. C'était fini.

Quand il rentra au milieu de la nuit, Yasmine l'attendait dans le grand fauteuil sous la fenêtre, le visage baigné de larmes. Il se jeta contre elle et pleura avec elle. Ça dura un moment. Et puis ils allèrent se coucher.

2016
Banlieue parisienne

SPIRALES

Il tira longuement sur son joint. Ils ne revenaient toujours pas. Il pleuvait sans discontinuer depuis trois jours. Une pluie d'orage, lourde et dense, qui tambourinait sur la carcasse de la camionnette et l'empêchait de voir quoi que ce soit à plus de deux mètres. Ça durait depuis trop longtemps, quelque chose clochait.

Il avait pourtant prévenu ses potes, ce plan-là, il ne le sentait pas. Ils s'étaient foutus de sa gueule, *pas plus dur que l'autre fois, de la crème, on te dit,* mais comme il s'obstinait dans son refus, ça les avait excités, *c'est quoi le blème ? Vas-y balance !* il n'avait rien répondu, ils avaient mis la pression, *y a pas moyen qu'on se loupe, mec, ça va le faire grave, sur la vie de ma mère, c'est pas possible autrement.*

Ils avaient besoin de lui, il était le seul de la bande à conduire aussi bien. Il avait appris sur des routes de campagne et à 11 ans déjà, il était bien meilleur que les autres. Un goût pour la vitesse qu'il tenait de son père.

Vous en êtes où ?

Il compta les minutes, se roula un autre joint, son SMS resta sans réponse.

Il aurait fallu qu'il sorte et s'approche des grilles de l'entrepôt, comme un simple passant qui rentrerait chez lui. Mais on ne se promène pas en pleine nuit sous une pluie aussi intense. Il devait se tirer, c'était ça qu'ils avaient convenu, il n'aurait même pas dû leur envoyer un SMS, *putain, ça craint,* il avait la main sur la clef de contact, l'enlevait, transpirait, se grattait furieusement la même piqûre de moustique, ça y est, il s'était mis à saigner, il fallait qu'il se tire, la main à nouveau sur la clef de contact, le pied sur l'embrayage...

Les phares d'une voiture arrivant à contresens glissèrent sur lui comme une caresse. Elle s'arrêta devant la grille de l'entrepôt, trois hommes en sortirent, une lampe torche à la main. Et cette ombre au bout de leurs bras, ce devait être un chien... ou deux.

Il s'allongea sur son siège.

Il allait se faire choper, il fallait qu'il se tire. Ils étaient deux du côté des entrepôts. Une seule lumière approchait, méthodique, sur le trottoir d'en face. La pluie, c'était peut-être sa chance, même le chien risquait de perdre sa trace. Il entrouvrit la portière côté passager et se glissa dehors.

Un temps.

Il court, plié en deux, espérant que l'eau l'aidera à se dissoudre dans la nuit. Il n'a pas fait trois pas que le chien est sur sa piste. Un aboiement, Zakarya se redresse et cavale, le chien est à ses trousses, les aboiements se rapprochent, le flic crie des mots que la pluie avale, il allonge sa foulée, l'eau coule sur son visage, sa poitrine lui fait mal, *plus vite,* il a peur, il avance, il ne va pas tenir, il sait que vient le moment où le type lâche le chien, que l'animal court plus vite, qu'il est dressé à ça, le mordre au mollet, qu'il le fera tomber, renoncer, il s'imagine à terre, un genou sur le visage et le mollet en sang, et la honte, *l'humiliation,* il faut courir encore, *accélère,* ses poumons sont en feu, il peut tenir un peu, pas assez pas longtemps, il sent que l'autre s'amuse, qu'il a du souffle, lui, qu'il est entraîné, à quoi jouent-ils tous les deux, à quoi ça sert ce cirque, ces questions-là ne lui viennent que quand il est en fuite et qu'on lui court après, une fois dans les tunnels du métro alors qu'il était en train de taguer un wagon avec Walid, deux ou trois fois sur les toits de Paris, *des spots de ouf,* un scénario où chacun joue son rôle – chiens gueule ouverte, flics furieux et lui qui sert de proie – alors seulement, comme un éclair, quand il est au bord de se rendre ou de sauter dans le vide, le traverse sa seule certitude, fulgurante. *C'est à ce prix-là que je suis sûr d'être en vie.* Et puis ça disparaît.

Le flic a lâché son chien. Ça lui arrache un sourire. Le scénario est parfait. La bête s'attaque à son jean. Zakarya prend son élan, bondit, ses mains agrippent le mur, des cris, *un coup de feu,* il bascule de l'autre côté, tombe comme un sac, sonné, sa tête lui fait mal, il saigne, se redresse, titube, mais déjà dans la maison des lumières s'allument, le flic doit avoir sonné à l'entrée, il fonce dans le jardin d'à côté, se retrouve dans une autre rue, le ciel gronde encore, un éclair, il glisse le long des trottoirs, boite, ça fait mal, il a faim, il retient ses larmes, une sirène au loin qui s'approche, il se met à plat ventre…

La vieille dame sortait de chez elle à petits pas prudents. Malgré l'annonce d'une nouvelle journée d'orages, elle avait décidé de faire ses courses à la première heure. Elle avait bondi hors du lit, se préparant fébrilement comme elle le faisait auparavant pour les rendez-vous importants. Elle avait longuement hésité sur le choix de sa tenue, avait finalement opté pour un chemisier sans manches malgré sa peau blême et fripée dont la vue ne cessait de la stupéfier. Puis elle avait glissé un petit panier en osier sur son bras et était sortie, bien avant l'heure d'ouverture des magasins, projetant de prendre son petit déjeuner au café de la gare qui ouvrait tôt et proposait gracieusement à ses clients le journal *Libération* – une tartine beurrée, un café allongé, elle s'y voyait déjà, trottant sur le trottoir, se réjouissant secrètement à l'idée de laisser une trace de rouge à lèvres sur sa tasse comme si le temps ne passait pas, c'était le même rouge carmin qu'elle portait à 20 ans...

... quand cette ombre surgit devant elle, hurlant et couverte de sang, elle ne sursauta pas, trop sidérée pour réagir, se recroquevillant sur elle-même, serrant l'anse du panier un peu plus fort, le dos rond, d'instinct se préparant aux coups.

Elle croisa son regard, il avait les yeux rouges, exorbités, les traits déformés par une rage effroyable, il avait posé sa main sale sur ses épaules, la secouait, il hurlait, elle ne comprenait rien, n'entendait pas, terrorisée, elle serrait de ses deux mains son panier, et c'est tout.

Elle entendit les aboiements d'un chien.

La fureur du type redoubla. Il la repoussa violemment, elle perdit l'équilibre, son panier toujours à la main, il leva le bras, frappa son visage, un craquement sec, son nez, une seconde, ils se regardèrent, stupéfaits, et puis elle s'écroula, ou plutôt s'affaissa comme un sac.

Putain mais t'es trop conne aussi, pauvre vieille

Il était parti.

Il avait jeté le porte-monnaie sur elle après l'avoir vidé. Il y avait deux billets de 20 euros. Elle perdit connaissance.

Quand elle reprit conscience, elle fut incapable de décrire son assaillant. Incapable aussi de continuer à vivre dans une telle solitude. Ses enfants la placèrent dans un Ehpad en province, non loin de chez eux.

2016
Association Paradoxes

UNE QUALITÉ, UNE SEULE

Il y avait deux heures que l'éducateur les avait mis en cercle pour les faire parler. Ils étaient sept, tous condamnés pour des TIG à des degrés divers. C'est Zakarya qui en avait écopé le maximum, ce qui lui donnait une espèce d'aura dont il se serait bien passé.

– N'oubliez pas que vous êtes ici pour réparer les dommages que vous avez commis. Je vais devoir écrire un rapport au juge pour raconter comment s'est déroulée l'exécution de votre peine. Ce rapport fera partie de votre casier judiciaire.

Les sept garçons soupirèrent. Ils avaient les yeux au sol, avachis sur leur chaise.

– Pour conclure cette première séance…

Sa voix s'était faite enjouée, engageante.

– … avant de se séparer, et que vous partiez effectuer vos premières heures de TIG chez vos patrons respectifs, nous allons prendre quelques instants pour que vous vous présentiez. J'ai pensé que vous pourriez par exemple vous reconnaître une qualité et la nommer à voix haute…

Ces derniers mots provoquèrent un tollé, des rires qui finirent par s'éteindre devant son visage imperturbable.

– On n'est pas des baltringues, siffla l'un d'entre eux.

Zakarya lâcha un rire complice.

– Qu'est-ce que vous avez dit, Ousmane ? demanda l'éducateur, agacé.

– Moi ? Rien, j'ai rien dit, excusez-moi, monsieur… c'est parce que d'être assis, ça me rend nerveux.

En quelques secondes, il avait changé d'attitude. Mine contrite et regard de velours, il avait l'air sincèrement peiné. C'était un grand Noir au corps ciselé, muscles saillant ostensiblement sous le sweat, très conscient de son effet. Ses lèvres s'étirèrent, humides et fines, laissant apparaître des dents parfaitement alignées.

– J'attends…, persista l'éducateur.

– Vas-y, c'est bon, on va pas rester bloqués ici des heures ! s'exclama Ousmane. Quoi, ch'ais pas moi… comment on dit quand on lâche pas l'affaire ?

– Persévérant ?

– Wesh, c'est ça, persévérant, je m'appelle Ousmane et je suis persévérant.

Zakarya admira l'adresse avec laquelle ce type composait avec les consignes, donnant à l'éducateur ce qu'il attendait sans perdre la considération de ses pairs.

Moi, je dirai que tu sais trop bien faire l'anguille, pensa-t-il secrètement, se sachant incapable d'une telle souplesse.

Il vit les autres s'essayer chacun leur tour à l'exercice. Ce serait bientôt à lui. Il tenta de se concentrer, il fallait trouver un mot, un truc à dire, n'importe quoi et puis l'oublier, rien ne lui venait, il tenta d'imaginer sa mère quand elle souriait encore et qu'elle le prenait dans ses bras pour le féliciter, pour quoi, pour quelle raison, il ne se souvenait plus, trop vieux, trop loin, ou bien un peu ridicule, il était bon en calcul mental, disait Colette, il apprenait vite ses leçons, 10 sur 10 en récitation, c'était pas ça une *qualité,* juste une bonne note à l'école il en avait forcément, lui, Zakarya Benothmane… Sa main se mit à trembler, les yeux de la vieille, effarés, paralysés par l'effroi, le scrutaient à jamais, il revoyait son geste, une fois dix fois ça ne le quittait plus, la poussant violemment, sa petite main menue, froide, aux ongles peints d'un rose mat, s'agrippant à son pull, et lui la détachant d'un coup sec, sentant sous ses doigts ses petits os craquer…

– Zakarya, il ne reste plus que toi.

Il secoua la tête. Pas un mot. Il les fixait d'un œil vide.

– Je peux pas.

L'éducateur ouvrit la bouche pour insister et puis la referma. Zakarya savait comment imposer son silence, un mur de verre épais sur lequel tout le monde butait. Quoi qu'il arrive et où qu'il soit, c'était comme une armure, on finissait toujours par le laisser tranquille.

Ousmane et Zakarya avaient été affectés ensemble chez un paysagiste-horticulteur qui travaillait pour la ville de Paris. Ce jour-là, ils eurent à préparer la terre du rond-point de la porte de Bagnolet. On leur fila chaussures et tenue de travail, une bêche et des sacs de pierres et de terre à transporter sur leur dos. Ce qu'ils firent sans ciller plusieurs heures de suite au milieu du vacarme épouvantable des voitures.

À la fin de la journée, Zakarya rendit au patron ses vêtements, ses outils, ses chaussures non sans les avoir soigneusement nettoyés. Il arracha un hochement de tête surpris au patron.

– Demain, je te mets au jardin de la rue Belgrand.

Il jeta un œil sceptique à Ousmane.

– Lui, par contre, il est pas fait pour le boulot.

Sa tunique gisait en boule à ses pieds et il avait laissé d'épaisses traces de boue derrière lui. Ousmane éclata d'un rire sonore et franc. Les commentaires acides du patron glissaient manifestement sur sa peau noire.

Les deux garçons prirent le métro ensemble. Ousmane habitait du côté de Jourdain. Mais il traînait aussi pas mal dans le coin du canal, dit-il, fixant Zakarya avec cette intensité trop grande qu'il mettait dans ce qu'il disait, si bien qu'en face on ne savait jamais à quoi s'en tenir, à se demander quel sens caché il fallait donner aux mots qu'il avait prononcés.

Juste avant la station République où ils devaient se séparer, Zakarya, n'y tenant plus, se jeta à l'eau.

– Pourquoi t'es tombé, toi ?

La question lui brûlait les lèvres depuis le début de la matinée. Ousmane sourit, ne quittant pas son air énigmatique.

– Je ne suis pas tombé. En fait, je rends service à quelqu'un.

Le métro venait juste d'arriver à destination. Il se

leva pour sortir, laissant Zakarya désarçonné. Ousmane le salua de la main, aussi énigmatique qu'un sphinx, avant de disparaître au bout du quai.

Son ventre commença à faire des nœuds à l'approche de la rue de l'Ourcq. Rentrer chez lui, vivre dans cet appartement, c'était devenu trop difficile. Ces derniers mois, il y était le moins souvent possible. Dormant à droite à gauche, ne passant le pas de la porte que lorsqu'il était sûr de ne pas croiser sa mère. Depuis qu'il avait décidé de ne pas aller en lycée pro, elle avait vrillé, le poursuivant de ses menaces d'internat, de ses larmes, de ses cris et quand il finissait par partir en claquant la porte, elle le harcelait encore avec ses SMS rageurs. Un enfer. Pour rien. Il ne serait pas cordonnier. Ni plombier ou serveur. Il se foutait de son avenir, c'est ça qu'elle voulait pas comprendre, il était bien comme ça, à vivre des jours sans rien, à traîner et délirer sur des plans incroyables. Jusque-là, tout avait bien roulé, il n'y avait aucune raison de se prendre la tête. Ni vu ni connu, on l'avait jamais chopé. Jusqu'à ce plan pourri qui avait foiré.

C'est après *ça* que Yasmine avait changé de tactique. Quand il était rentré de garde à vue, inculpé dans cette histoire de vol, elle avait annoncé qu'il serait défendu par un avocat commis d'office qu'elle avait croisé *là-bas*, chez les flics, qu'il allait être bientôt *évalué* par un enquêteur social, *ici, à la maison,* qu'elle n'y pouvait rien, ils allaient venir, regarder sa chambre, la cuisine, poser des questions, sur lui, sur elle…

Et puis elle s'était tue. Plus un mot. Même pas un regard.

Ça l'avait d'abord vaguement ennuyé, qu'elle boude... *une gamine!* Et puis, comme ça durait, des jours, des semaines... elle ne s'occupait plus de rien, ni de ses fringues, ni de sa bouffe, de l'état de sa chambre ou de ce qu'il faisait. *Comme s'il n'existait plus.*

Un soir, il l'avait même suppliée de lui parler. Il pleurait. Elle s'était levée, doucement, lentement, avait posé une main sur son épaule et elle était sortie de la pièce sans un mot.

Elle n'était pas là quand il revint après sa première journée de « travail ».

Il se fit réchauffer un plat au micro-ondes, qu'il mangea debout. La nuit était tombée depuis longtemps. On prévoyait une journée de pluie pour le lendemain. Il se prépara des affaires propres, ses écouteurs enfoncés dans les oreilles, ce truc que lui avait fait écouter Ousmane, Koba LaD, un rappeur français. D'habitude, la musique le rendait nerveux. Surtout quand il comprenait les paroles. Mais cette fois, il en avait besoin. Il avait les mains épaisses, le dos douloureux et ça ne lui déplut pas. Il s'allongea sur son lit, laissant venir à lui le plaisir pris à s'enfoncer dans la terre quand ses pieds avaient quitté le bitume, *une qualité une seule putain, je sais pas,* le sourire énigmatique d'Ousmane, cette distance qu'il maintenait avec les autres. En face de lui, Zakarya se faisait l'effet d'un *chien dans un jeu de quilles.* Il sursauta, ôta ses écouteurs, se redressa sur son lit. C'était comme si Colette venait de quitter la pièce. Les souvenirs de sa vie d'avant revenaient malgré lui. Cette expression-là, du chien et des quilles, il l'avait évidemment entendue à Brinay. Les gens d'ici ne disaient pas ces mots-là. Il se roula un joint, mit la musique à fond, se leva pour regarder par la fenêtre. Des silhouettes serrées les unes aux autres piétinaient sous les lampadaires. Il les regarda longtemps, hésitant à les rejoindre. Il était déjà une heure du matin... Le lendemain, le réveil sonnerait à l'aube. Sa mère n'était toujours pas revenue. *Est-ce qu'elle était avec un homme ?*

C'était l'époque de la rentrée des classes. Dans la rue, des cartables colorés dansaient sur le dos des écoliers. Des parents tenaient leurs enfants par la main. Les plus grands filaient sur leur trottinette. Ils avaient l'air tellement heureux de se ressembler tous. Zakarya accéléra le pas. Il arriva au square avec dix minutes d'avance. Ousmane y était déjà.

– T'as une sale gueule, lança-t-il, railleur.

Zakarya accusa le coup, lui tournant le dos, maussade. Il se sentait mou, fragile, plus sensible qu'une *fillette*... Il donna un coup de pied dans le mur. Tous ces mots qui revenaient du *temps d'avant,* c'était pire que des fantômes. Il eut peur soudain. Peur de la journée qui venait, de l'odeur qui montait de la terre...

– Ça va, mec ?

Il leva les yeux vers Ousmane. Toujours aussi imperturbable.

– Mal dormi...

– Je connais ça...

– Ah bon ? On dirait pas, rétorqua Zakarya, acerbe. T'as plutôt l'air ultra zen.

Les lèvres d'Ousmane s'étirèrent pour laisser apparaître ce sourire de sphinx qui l'impressionnait tant.

– C'est depuis que j'ai boxé.

– Tu boxes ?

– Plus trop. Mais c'est ça qui m'a appris le contrôle.

Plus tard, Zakarya se dirait que c'était ce mot-là bizarrement qui avait tout déclenché. Alors que c'était l'inverse que son entraîneur était venu chercher chez lui. *Lâche tes coups, cogne, mais vas-y bordel, défonce-le…*

La camionnette arriva, chargée de plantations d'automne. Zakarya les connaissait toutes par leur nom. Asters, chrysanthèmes, graminées, hellébores et les anémones rouges et blanches qu'il y avait dans le jardin de Colette. *Est-ce que ça serait une qualité de connaître le nom des plantes et de savoir où il faut les mettre, nord, ouest, est ou sud ?* Ses mains s'étaient mises à trembler. Le patron l'envoya désherber sous les haies. C'était un travail de chien. Il ne rechigna pas. Il fut même plutôt content de ne pas avoir à toucher les fleurs.

Et quand à la fin de la journée, rompu, il sortit du square de la rue Belgrand, ce fut pour demander à Ousmane de le conduire au club.

– Ça me dit bien…, affirma-t-il en hochant la tête.

Ousmane acquiesça.

– Vas-y, je te présente.

En fait, le BoxoumBis était dans son quartier, tout près du Centquatre et du métro Jaurès. Il était passé mille fois devant sans avoir jamais la tentation d'aller voir ce qui se passait derrière ces murs. C'était d'autant plus étrange qu'il en avait souvent entendu parler. On racontait avec force détails qu'on avait formé *là* des types qui avaient gagné des combats incroyables un peu partout dans le monde. Le BoxoumBis allait devenir un lieu mythique, les gars qui en parlaient en étaient persuadés.

Quand il passa le seuil de la salle d'entraînement, une odeur âcre de sueur et de renfermé l'enveloppa entièrement. Il laissait le monde réel derrière lui, quittait ses codes et ses obligations absurdes, il arrivait dans un endroit où il allait savoir *quoi faire de lui.*

Procès jour 1

LES BÉNÉFICES DU DOUTE

L'avocat général, debout, placé plus haut que tous les autres dans la salle, dégagea ses bras de sa robe rouge d'un geste théâtral, accentuant volontiers son air qui fleurait le bon sens. Il allait s'en donner à cœur joie.

– Monsieur Benothmane, j'aimerais revenir avec vous sur certains points qui n'ont pas été abordés par Mme Rousseau et qui néanmoins figurent dans votre dossier judiciaire.

– Oui.

– Approchez-vous du micro quand vous répondez parce qu'on ne vous entend pas. On vous l'a déjà signifié, ce serait bien que vous fassiez un effort… dans votre intérêt et dans celui de la cour.

Zakarya ne cilla pas. Léonie ne le quittait pas des yeux. *Je suis là.*

– Est-ce que vous pouvez nous raconter pourquoi vous avez été exclu du collège Michelet ?

Il se pencha vers le micro.

– J'avais démonté les portes du collège.

– Pourquoi ?

– Je ne sais plus.

Il haussa les épaules avant de poursuivre :

– Pour le fun, j'imagine...

Un remous complice parcourut la salle. Léonie avait souri elle aussi quand elle avait lu le rapport d'incident.

– Le fun... Aucun lien donc avec votre exclusion quelques jours auparavant pour avoir menacé de mort votre professeure d'histoire-géographie, pièce D92, section 16, du dossier ?

Le président Delausne se plongea aussitôt dans l'amas de feuilles qu'il avait devant lui. Quelques secondes pour trouver le papier qu'il brandit et fit passer aux jurés.

– Je réponds ?

Zakarya s'agaçait. Il se souvenait parfaitement de cette prof. Mme Lebihan qui planquait du whisky dans sa bouteille de Coca si bien qu'à la fin de la journée de cours, on avait l'impression d'entrer dans une vraie distillerie.

– Ça n'a rien à voir, monsieur le président.

– Non, moi, je suis l'avocat général, je représente le ministère public, la société, le droit.

– OK, j'ai compris, je veux dire...

Il reprit son souffle. Un temps. Ses yeux se mirent à pétiller.

– Mme Lebihan, c'était une alcoolique, monsieur. Un jour, elle est même tombée au milieu de la cour alors qu'elle venait chercher sa classe. Complètement bourrée. Ensuite, on l'a pas vue pendant des mois. Et puis, elle est revenue. Et elle était hyper méchante. Et injuste. Elle avait pas d'autorité, alors tout le monde faisait n'importe quoi... Après elle punissait au hasard et elle écrivait des rapports longs comme mon bras. Ça se peut que quelqu'un lui ait dit, je vais te buter ou un truc du genre... Ça se peut même que ce soit moi... mais en vrai personne ne s'est jamais attaqué à elle. Elle faisait grave pitié.

Léonie jubilait.

C'était exactement cette sincérité-là qui pourrait faire vaciller les jurés. Puisqu'il n'y avait ni preuves ni aveux, qu'on le juge *au bénéfice du doute.*

PARTIE 2

PROUVER

2016
BoxoumBis

LE PROBLÈME, AVEC LES FILLES…

Ils imaginaient tous qu'ils étaient la cause de sa métamorphose.

Sa mère qui avait fait mine de le laisser tomber.

Le coach, Djibril, qui prétendait faire de lui un champion.

Ousmane qui l'avait présenté à Djibril.

Gérard qui lui avait proposé de travailler à la pépinière.

Bilal qui avait rendu un bon rapport au juge…

Ça le faisait bien marrer. Ça lui faisait bien plaisir. Un coup, puis l'autre dans le grand sac de sable *Lâche tes coups, Zak, t'es trop raide, et lent, hop, vas-y c'est ça, c'est mieux, tes jambes en alerte, petits sauts, hop droite gauche, je ramène au visage, gauche droite, je ramène, plus fort, tout le poids du corps, tu retiens trop, Zak, t'es pas assez méchant…*

Zak…

Il détestait qu'on supprime une partie de son prénom, un coup de griffe un nom de chien, *Zak et tape,* de l'entendre, ça l'énerve, il se le répète en silence, le fait sonner dans sa tête, *Zak et tape,* un petit bout en moins, encore un peu et il ne restera rien, tu dis ça au coach, *je m'appelle Zakarya,* t'y arrives pas, habitude des silences, à ravaler tes hontes, faire comme si, tu tapes *c'est bien, c'est ça, vas-y, laisse venir, plus fort, t'as la rage Zak...*

Zakarya, c'était déjà qu'une partie de lui-même, tronquée, Zakarya Benothmane n'est que la moitié d'un, la part de Yasmine, l'autre moitié, celle du père, effacée, garçon pas reconnu, pas désiré, pas de lignée, rien.

Bien Zak ce matin, tu montes grave en puissance, ça y est, ça vient, lâche encore, souffle et tape gamin et saute ramène recule fonce rentre dedans, encore... plus près... encore... maintenant! au corps à corps dans les côtes, sur sa tronche, comme ça, détruis-le, en miettes, qu'il ne reste plus rien.

Autour de lui, dans la salle, les bruits se sont assourdis, éloignés, il n'entend plus que son propre souffle, cris rauques qui restent dans la gorge et les coups qu'il balance, dans le sac qui résiste, qu'il enlace, Djibril s'est tu, les autres aussi, il sent que les trois filles assises sur le banc, sous les portemanteaux, leurs corps glissés entre les blousons qui s'empilent, toutes les trois n'ont plus d'yeux que pour lui, qu'elles sourient, qu'elles l'admirent, qu'elles aiment la force qu'il dégage, sa puissance et sa rage.

Ils imaginaient tous qu'ils étaient la cause de sa métamorphose.

Ça lui faisait plaisir ça le faisait bien marrer ils n'y étaient pour rien.

L'envie de se lever le matin, de se tenir à ses décisions, plus *aucune connerie,* pas un vol, rien, même plus la moindre cacahuète bonbon briquet portable, ça n'était pas pour eux… Il avait 17 ans, il était temps de devenir quelqu'un d'autre, d'effacer le passé, d'être à part entière ce *winner* qui pourrait plaire aux filles…

C'était pour elles, rien que *pour elles.*

… Ces filles – Faustine, Zoé, Leïla, Sarah, Aïssatou – papillons colorés qui virevoltaient ici et là, étaient toutes des amies de Paco, Gabriel, Martin ou d'Ousmane. Ils se fréquentaient depuis l'entrée au CP à l'école de la rue Levert, incarnaient une forme de vie joyeuse, inventive, tolérante, semblaient toujours à l'affût de nouvelles rencontres, à l'image de leurs parents, ces gens qui vivaient sur les hauteurs de Belleville, militaient pour une mixité sociale, achetaient local et solidaire et contribuaient à la végétalisation du quartier.

Après les entraînements, pendant les week-ends ou le matin de bonne heure, ils se retrouvaient au café de la place des Rigoles, servis par l'un des leurs, un ancien copain de classe, Momo, petit-neveu du patron, qui travaillait là depuis ses 16 ans. Zakarya avait été accueilli dans la bande à bras ouverts sans qu'aucune question ne vienne jamais le mettre dans l'embarras. Auréolé par la place que lui faisait l'entraîneur, peut-être aussi du fait de la réputation d'Ousmane – ou était-ce son côté sombre, taiseux qui ajoutait à son mystère, en tous les cas, il avait attiré les regards, leur sympathie – et même un peu d'admiration ce qui ne manquait pas de le laisser perplexe. Il aimait qu'ils soient si nombreux, qu'ils ne lui posent jamais de questions personnelles, était fasciné par cette façon qu'ils avaient d'être ensemble, d'avoir l'air si liés, et de l'être de façon si désinvolte, légère, et tellement superficielle.

Amalia, la petite sœur de Paco, juste un peu plus jeune qu'eux, répondit à la plupart de ses questions sans qu'il ait besoin de les poser, jouant le rôle auquel la bande l'avait assignée, être au courant de tout sans jamais être mêlée à rien. Simple témoin de leurs histoires de grands.

Il apprit ainsi qu'entre Faustine et Paco, ça durait depuis la quatrième. Qu'ils s'étaient séparés en seconde, quelques mois avant de se remettre ensemble, amoureux de plus belle. Leïla était avec Gabriel. Et Sarah venait de quitter Martin, ce qui ne les empêchait pas d'être tout le temps fourrés ensemble. Il y avait bien un flirt entre Ousmane et Sarah mais ça n'avait pas l'air sérieux. Du coup, c'était un peu tendu entre Ousmane et Martin… Zoé ? Elle n'était de la bande que depuis peu. Rencontrée au café, une amie de Momo, le serveur du café L'Absinthe. Quant à Aïssatou, la seule chose qu'elle savait, c'était qu'elle n'était plus du quartier et qu'elle cachait ses cheveux sous un foulard depuis la dernière rentrée.

Zakarya ne parvenait pas encore à les distinguer les unes des autres, toutes aussi jolies, séduisantes, inaccessibles *et* à portée de sa main. Elles venaient poser leurs lèvres sur sa joue, se pendaient à son cou, la main sur son épaule ou glissée sur le bas de ses reins, le frôlant en passant, n'ignorant rien de ses regards quand, se penchant en avant, elles dévoilaient la rondeur de leurs seins ; ou riant aux éclats, elles renversaient la tête en arrière, exhibant la peau blanche de leur gorge, soulevant leurs cheveux qu'elles avaient longs, bouclés, épais, blonds ou châtains – promesses d'odeurs suaves et intimes, de douceurs inédites – qu'elles rassemblaient brusquement sur leur nuque, les enroulant autour de leurs doigts pour les attacher avec ce qui leur tombait sous la main, crayon, caoutchouc, pince, avant de glisser derrière leurs oreilles adorables quelques mèches rebelles… Ces corps si près de sa peau le rendaient fou, creusant un manque toujours plus grand alors qu'il frappait dans le grand sac de sable, sautait inlassablement à la corde ou travaillait sa musculature, rêvant obscurément d'en tenir une – n'importe laquelle – dans ses bras, de la faire sienne, avec sa bouche, ses lèvres, ses dents, sa sueur et le reste.

Ces rêves-là restaient en lui, profondément enfouis. Les filles n'avaient accès qu'à son visage impassible et distant. Il donnait l'impression d'une épaisseur qu'il n'avait pas, vivant dans la crainte d'être découvert et de se couvrir de ridicule. Car il n'avait en réalité jamais touché une fille de sa vie.

… il y avait eu Pauline en cinquième qui s'était laissé embrasser parce qu'il quittait Brinay, et puis deux ans plus tard, il avait 15 ans, cette fille dont il avait oublié le prénom, qu'il n'avait jamais revue, avec laquelle il avait dansé un après-midi entier, un slow qui en avait entraîné un autre et puis un autre encore, des heures avec son corps collé contre le sien, elle vibrante mais intimidée, son sexe à lui dressé, douloureux, la suppliant de quitter la salle pour se retrouver à deux, dans une chambre, un couloir, n'importe quel endroit un peu plus sombre, où il aurait pu au moins soulever son pull et prendre ses seins à pleines mains. Elle n'avait jamais cédé et il était parti furieux, frustré, désespéré…

Pour le reste, il avait maté des pornos avec les mecs de Crimée sur des écrans de téléphone portable. Il y avait trouvé de quoi étancher sa soif, goûtait les mots crus et la disponibilité de ces filles offertes, cuisses écartées, qu'on pouvait traiter de tous les noms, que les insultes semblaient même plonger dans une certaine extase... Mais une fois le film terminé, l'écran éteint, le retour à la vraie vie était affreusement moche. Il partageait son joint avec quelques mecs sur le coin d'un trottoir, pendant que des filles marchaient les yeux baissés au sol, silhouettes pressées, avec une capuche sur la tête et des vêtements larges comme pour garder leurs corps à l'abri, elles les fuyaient, eux, avec mépris, surtout quand ils se mettaient à les siffler comme si c'étaient des bêtes. Zakarya le faisait avec eux, exaspéré comme eux, les nerfs à vif, avec l'idée qu'elles étaient chiantes à tout compliquer, et ce qui l'embrouillait plus encore, ce qui se disait, qu'il y en avait des respectables et d'autres pas, des baisables et des interdites, des honorables et des déshonorées...

Quand tu essaies de rassembler les morceaux, pour occuper les heures vides que tu passes en cellule, tu reviens inévitablement aux premiers temps du club, ce sentiment de vivre enfin, de vivre une vie qui pourrait être la tienne, tu arpentes ta mémoire, nuit et jour, et jamais tu n'y croises Paco, tu le cherches, méthodiquement, la première fois que tu as vu Paco, la première image, l'impression qu'il t'a faite avant même de connaître son nom. Ça manque. Rien ne te revient. Et plus tu le cherches, et plus les contours s'effacent, sa voix, les traits de son visage, la forme de ses mains, son allure, ses vêtements, tout devient de plus en plus flou, il s'échappe et te nargue et te tourmente sans répit. Te voilà enfermé pour un mec dont il ne te reste que le nom. Tu triches avec toi-même, tu le sens, tu traques tes souvenirs…

Il était puceau et c'était la honte.

Il en devenait fuyant. On lui prêta bientôt des aventures avec des femmes plus âgées. Amalia, la petite sœur de Paco, lança cette rumeur qui se répandit comme une traînée de poudre. Il ne démentit pas. On racontait qu'elles étaient prof de philo, vendeuse chez Bouygues ou actrice de théâtre, qu'il préférait les brunes aux cheveux courts, mais qu'il n'était pas contre les blondes aux boucles folles. Quand ils étaient entre eux, au club, les autres gars lui demandaient des détails. Il les envoyait balader, il détestait parler de ces choses-là *comme ça*. Il prétendait qu'il aurait eu l'impression de salir ces femmes sans raison. Ils râlaient, le regardant de biais, avec un mélange de rancune et de respect.

Tout était allé si vite. Quelques mois seulement pour devenir quelqu'un.

Quelqu'un qu'on attend. Qu'on regarde. Qu'on admire. Qu'on respecte.

Il y allait en courant, tous les jours, après le stage ou l'école, quels que soient l'heure ou le temps, il n'en finissait pas de vouloir progresser, malgré les douleurs partout, comme un drogué qui vient chercher sa dose, de regards, de compliments, d'espoir, et tout était si facile, l'entraînement, comme les premières victoires, Djibril semblait aussi ivre que lui, aussi heureux, il tenait son champion, sa légende, *la vie est un cadeau.*

Djibril le poussait à y croire, le montrait en exemple et le portait aux nues, surtout quand il y avait du monde pour le voir. Quand ils n'étaient que tous les deux, il était plus critique, pointant ses failles, traquant ses points faibles, exigeant l'impossible.

Jamais il ne te parle de Paco. Jamais il ne vous compare. Tu sais qu'un jour tu l'affronteras, que c'est à ça qu'il te prépare, comme il prépare Paco à lutter contre une étoile montante, un espoir. Tu es son préféré, tu sais qu'il compte sur toi, parce que t'es du quartier, d'ici, du milieu, et que pour Paco, la boxe, ça ne fait que passer.

Toi, imagines-tu, imagine-t-il, ta vie c'est la boxe, puisque, enfin, tu existes.

Par moments, il se figurait qu'Amalia avait deviné que derrière tous ces mystères, il n'y avait que du vent. La petite fouineuse était si douée pour sonder les âmes. Et comme c'est avec elle qu'il passait le plus de temps...

– Pourquoi tu fais de la boxe ? lui demanda-t-elle un jour qu'ils étaient tous les deux à L'Absinthe.

– C'est quoi cette question ? il rétorqua, immédiatement sur la défensive.

Ça se voit, elle sait. En secret, ils se foutent tous de ma gueule

– Ben pourquoi pas ?

Elle le fixait avec ses grands yeux naïfs. Il se sentit bête.

– C'est un peu le hasard, en fait.

Elle ricana.

– Ça t'arrive de réfléchir ? Avec ton cerveau, je veux dire... Tu te souviens que tu as des neurones...

Parfois, elle devenait méchante, avait-il remarqué. Ça se pointait sans prévenir et ça faisait aussi mal qu'une craie crissant sur un tableau.

Elle insista :

– Qu'est-ce que tu veux prouver ?

La question le fit sursauter.

– T'es trop zarbie des fois…

Elle ne réagit pas. Elle avait les yeux dans le vague, semblant hésiter à poursuivre. En même temps, ses questions étaient précises et tombaient comme des couperets. On aurait dit qu'elle calculait ses coups plusieurs phrases à l'avance. Il se demandait où elle voulait en venir.

– Tu sais, Paco, il a commencé le jour où papa est parti avec un autre homme.

Elle s'arrêta pour lui jeter un coup d'œil.

– Tu le savais ?

Il hocha la tête.

– Oui, on me l'avait raconté.

– Qui ?

– Je sais plus…

Il était paniqué. Jamais il ne parlait *de choses intimes*, ou même simplement personnelles. Il aurait préféré qu'elle se taise.

– Il s'est mis à boxer après *ça*. Avant, il était plutôt doux et timide et il rougissait pour un rien. Un peu comme toi.

– Moi ? protesta-t-il, vexé.

C'était donc comme ça qu'elle le voyait ? Un garçon qui se comportait comme une fille ? Il pensa à sa mère, c'était sa faute aussi, s'il était si sensible, et fragile, à pleurer pour un rien.

– Tu trouves qu'il a changé ? il lui demanda alors avec un léger tremblement dans la voix.

Elle hésita longtemps et finit par hausser les épaules.

– Je sais pas... oui, il a changé. Il est moins... je sais pas comment dire... Mais il n'a toujours pas revu papa. C'est nul... ça fait du mal à tout le monde.

– En fait moi, je le comprends.

Elle éclata de rire.

– Tu comprends quoi ?

Il se précipita pour répondre :

– Je comprends Paco, qui préfère faire comme si.

Elle fronça les sourcils. Il s'obstina :

– ... comme si son père était mort. C'est plus facile comme ça, quoi, ça fait moins mal.

Elle poussa un cri de protestation, ostensiblement choquée. Lèvres pincées.

– Ah, mais pour Paco, c'est pas ça du tout. Papa adoooore Paco, et pour Paco c'est pareil. Ils s'aiment à la folie, tu sais, et ils vont se réconcilier. C'est qu'une question de temps.

Il baissa les yeux pour cacher le mal que ça lui faisait, sa petite musique du bonheur et des passions familiales. Il se souvint trop tard que c'était exactement pour ça qu'il n'en parlait jamais. Pour ne pas sentir revenir cette douleur lancinante qui le réduisait en miettes.

– Qu'est-ce qu'il y a ?

– Rien, y a rien...

– Je suis désolée...

Paco était tellement lisse et tellement souriant, tellement insaisissable. Parfois ça te revient, la légère crispation que provoquait sa présence. Un garçon formidable, avenant, que jamais rien ne semblait contrarier, qu'Amalia aimait plus que tout. D'un amour passionnel possessif exclusif

la petite ne quittait pas son frère des yeux, avait peur pour Paco qui la trouvait collante, se moquait d'elle, la repoussait avec violence, si méchant que Faustine s'en alarmait, choquée

à moins que ce ne soit sa nature, cette méchanceté insidieuse, tu retrouves la sensation laissée par ces questions qu'il posait gentiment, comme on jette une boule puante, en lousdé

tu te souviens si mal

de sa rage, de la tienne, de votre rivalité

RAPPELLE-TOI

ça hurle en vain à l'intérieur de toi, à te taper la tête contre les murs

Tu aurais dû te méfier.

D'Amalia, de Paco, des autres, de qui, quelque chose se tramait...

Contre toi, contre lui, tu passes des nuits à chercher

Empêcher ça

Si c'est pas toi, c'est qui

Son premier combat contre Paco, il le perdit.

Djibril les avait prévenus. C'était juste un jeu, une manière de s'entraîner, puisqu'ils étaient tous les deux extrêmement prometteurs, les meilleurs de son club et par malchance prétendants à la même catégorie de poids mi-lourds ou lourds-légers. Il fallait bien décider lequel des deux il allait envoyer se battre dans les compétitions régionales. Parce qu'une inscription, c'était

8 000 euros, alors il n'était pas question qu'il parie sur le mauvais cheval.

Toute la bande s'était arrangée pour être présente. Gabriel et Martin frappaient dans les sacs, les filles étaient assises sur les bancs, sauf Zoé et Aïssatou qui enchaînaient les pompes et le saut à la corde.

Il était 21 heures précises quand il siffla le début du combat.

À peine Zakarya monta-t-il sur le ring qu'il sentit quelque chose se dérégler. Jusqu'alors, il n'avait jamais eu peur. Au contraire, à peine passé les cordes, il sentait une puissante excitation le gagner, exactement comme s'il avait avalé une potion qui aurait eu le pouvoir d'effacer toutes ses indécisions. Les poings serrés dans ses gants, les jambes alertes, il *savait* qu'il serait le plus fort et ce, quelle que soit la tactique de son adversaire. Il en avait déjà rencontré un certain nombre, des tout-en-nerfs, des tout-en-muscles, des très fins, des trapus ou des armoires à glace, souvent puissants et agressifs, et ceux qui préféraient jouer la défense pour l'avoir à l'usure. Mais d'instinct, dès les premières touches, il devinait quelles étaient leurs failles, savait les prendre à l'envers et les faire vaciller, *il les sentait* puis lisait la surprise dans leur regard, qui se diffusait instantanément dans leur corps. Après, il ne restait plus qu'à jouer au chat et à la souris. *Tranquille.*

Paco, lui, avait les yeux rieurs. Ils échangèrent un signe qui se voulait complice. Leurs potes poussèrent des cris d'encouragement. Ils se prêtèrent au jeu, saluèrent leur public en délire, les poings levés, le protège-dents dans la bouche et le cœur qui battait à tout rompre. Ce coup d'adrénaline qui le saisissait à chaque match, cette fois-là, il n'eut pas lieu. Peut-être à cause d'un truc absurde qu'il avait remarqué dans les vestiaires. Son tee-shirt à lui laissait apparaître un torse plus pâle que son visage. Paco, lui, était bronzé de la tête aux pieds. À le voir on imaginait l'été qu'il avait passé, la mer, les journées en short et en tongs, une maison de famille, les amis qui passaient… Un jeune homme entier face à la *moitié d'un*.

L'envie aurait pu lui insuffler de la rage. Elle le paralysa.

Il suffit à Paco de quelques minutes pour le forcer à demander grâce. Ce qu'il fit en levant le poing, le dos dans les cordes, incapable de reprendre sa respiration. Il mit un certain temps avant de réaliser que c'était fini. La vie autour de lui avait déjà repris. On discutait, on envisageait la suite de la soirée. Il faisait mine de rester concentré sur les bandes de ses mains qu'il déroulait consciencieusement.

Soudain Paco posa une main sur son épaule.

– Ça va aller ?

Zakarya s'efforça de sourire. Il s'interdit de lui montrer ce qu'il éprouvait. Surtout pas lui donner ce plaisir-là. Paco n'aurait pas dû l'approcher. Ce type était aussi chelou que sa sœur. Avoir gagné ne lui suffisait pas. Il lui fallait s'assurer que son adversaire ne lui en voulait pas. Que ça ne faisait pas trop mal. Ou au contraire, il voulait profiter un peu plus encore de sa déconfiture. Zakarya se leva lentement.

– Je vous rejoins plus tard…

Il prit une douche interminable, chaude, presque brûlante, laissant ses pensées se noyer dans la buée et sa colère et sa déception se dissoudre avec elles. Il espérait qu'ils seraient tous partis, il avait envie d'être seul, de rentrer chez lui, de se mettre sous la couette et d'oublier en fumant un bon joint.

L'idée que sa mère l'attendait avec des questions plein la bouche lui donnait la nausée. Il l'imaginait déjà, elle dirait *c'est pas grave, ça n'empêche pas que c'est toi le meilleur, mon Zakarya, moi, je le sais, tu vas y arriver.*

Avec cette fierté qu'elle avait de lui, comment ne pas la décevoir ? Ce serait toujours pareil, ce ne serait jamais assez. Elle l'aimait trop.

Il sortit de la douche, plus agité encore.

Faut que j'm'arrache

Il y avait longtemps qu'il ne s'était senti aussi mal. Il avait pourtant cru qu'il en avait définitivement fini avec ces angoisses-là, celles qui lui venaient de sa vie d'avant, qui le prenaient en étau et ne lui laissaient d'autre choix que la fuite. Il pouvait enfin échapper à lui-même.

Il ne restait plus que Djibril qui l'attendait dans la grande salle, assis à sa place favorite, sur la grande pile de tapis de sol. Il était plongé dans son téléphone portable si bien qu'un instant Zakarya espéra pouvoir passer devant lui sans qu'il le voie. Il n'avait aucune envie de parler. Et moins encore de croiser son regard.

– Ça y est, je peux fermer ? demanda l'entraîneur d'une voix neutre.

– Yep !

– OK.

Il se dirigea vers le local technique.

– J'y vais..., lança Zakarya, soulagé.

– OK.

Le sol tanguait maintenant sous les pieds du vaincu. Partir sans un mot et se retrouver seul, ça l'effrayait plus qu'il ne l'aurait cru.

– Hé, dis-moi, dimanche, pour l'entraînement, tu peux venir plus tôt?

Djibril avait éteint les lumières. Il traversait son club avec celle de son Smartphone. Zakarya ne pouvait qu'acquiescer.

– Pour quoi faire? murmura-t-il malgré tout.

– Je t'emmène à Fontainebleau. C'est un spot dément pour l'entraînement. Sept heures ici?

– Bien sûr.

– Alors à dimanche, mec.

– OK.

Zakarya sortit. Il se retrouva dans la rue où l'attendait le trottoir mouillé par une bruine d'automne. Il inspira profondément. Il pensa qu'il était content d'aller en forêt. Petit, il disait souvent que c'était sa saison préférée. Celle des champignons. Celle des promenades où Colette lui montrait les coins qui en étaient pleins et dont il ne faudrait parler à personne. Zakarya accéléra le pas.

Il fallait s'enfoncer longtemps dans la forêt des Bertranges avant d'y arriver. Après, on en faisait des omelettes. C'était bon. Avec le souvenir, la salive lui monta à la bouche. Ça avait un goût de feuilles mortes et d'herbes fraîches.

Il se mit à courir, monta les marches de chez lui quatre à quatre. Comme prévu, sa mère l'attendait. Elle comprit au premier regard. Il planta ses yeux dans les siens et dit d'une voix tranquille:

– Je vais me coucher. Demain, j'ai un contrôle en français qui compte pour le contrôle continu.

– T'as révisé ?

– Mamaaaaaan…

– Quoi, *maman* ? Je te demande si t'as révisé, c'est tout. C'est quand même pas une question intime ?

Il rit. Elle aussi.

– Bonne nuit, minou.

– Bonne nuit, maman.

Il s'écroula sur son lit et plongea dans un sommeil sans rêves.

2017
Forêt de Fontainebleau

CHAQUE PEUR A UN VISAGE

Pour commencer, ils avaient couru six kilomètres sous une bruine froide et tenace. Le sol était mou et les avait obligés à faire plus d'efforts pour maintenir une allure soutenue jusqu'à la clairière où Djibril avait décidé de l'amener. C'était la première fois qu'il l'entraînait en extérieur, la première fois surtout qu'ils n'étaient que tous les deux. Durant le trajet, ils ne s'étaient rien dit. Zakarya cachait mal son anxiété sous sa capuche enfoncée jusqu'aux yeux. Les trois derniers jours, il s'était interdit de gamberger, se portant volontaire au boulot pour les travaux les plus ingrats, jusqu'à porter des sacs de terre de 70 kilos ou passer la débroussailleuse dans les coins difficiles. Des heures à se casser les reins et à sentir les vibrations monter le long de ses bras. Rien n'y avait fait. L'angoisse était de nouveau là. Une vieille amie, ricanante et d'autant plus mauvaise qu'il croyait s'en être débarrassé. Sa défaite sur le ring l'avait fait réapparaître, *pauvre crétin, comment tu as pu croire…*

Croire tous ceux qui lui avaient répété qu'on pouvait tout recommencer. Effacer ses *bêtises*, effacer son passé, grandir et devenir un homme. Un vrai. Un *honnête* homme. Il avait bien fallu se rendre à l'évidence. Tout leur baratin, ça ne marchait pas pour lui. Il devait être d'une autre espèce, de ceux qui déçoivent et qui trahissent, les bons à rien, les moins que rien, mais s'insulter à voix basse ne le soulageait pas, l'angoisse était toujours là, pesant sur lui comme un fantôme, sur ses épaules et sa poitrine, dansant la farandole en attendant qu'il plonge à nouveau vers la seule chose qui l'avait jamais apaisé. Voler n'importe quoi, n'importe qui pourvu qu'à nouveau ses poches puissent en être pleines.

Il ne l'avait pas fait.

Il n'était pas allé non plus à son évaluation de français qui comptait pour le contrôle continu.

À la place il avait erré dans les Halles, du H&M au Go Sport en passant par la Fnac, sentant ses mains brûler, les gardant obstinément au fond de ses poches, poings serrés, au bout de quelques heures, ressortant à l'air libre, aveuglé par la réverbération des nuages, plus flippé qu'il ne l'était en entrant, content d'avoir tenu, mesurant désormais à quelle distance il se situait de la falaise, il suffirait d'un rien pour qu'il saute à nouveau, c'était dans sa nature, on change pas qui on est, on n'efface jamais rien, les gens qui font la morale ne sont pas du même monde.

Tout dépendrait de Djibril... c'était ça qu'il s'était dit sans cesse comme on répète un mantra, *tout dépendrait de Djibril*, de ce qu'il déciderait pour lui, Zak y croyait dur comme fer en même temps qu'il sentait qu'évidemment le coach n'y pourrait rien, il finirait par plonger. Et si Djibril malgré tout parvenait à le retenir du bon côté du monde? *Tout dépendrait de Djibril*

Après les six premiers kilomètres, l'entraîneur sortit un chrono et du matériel d'entraînement; quatre plots orange, une haie de vitesse, une échelle et un sac de frappe. Il multiplia les exercices. Saut à la corde pieds joints, alternés, genoux levés, papillon, feintes sautées, et d'enchaîner sur les pompes sans lui laisser le temps de reprendre son souffle. Le chrono dans une main, un papier dans l'autre, il notait les performances de son poulain après chaque exercice.

– Maintenant tu récupères, cinq minutes! marmonna-t-il en lui tendant une bouteille d'eau.

Il n'avait pas bougé du caillou sur lequel il était assis. Zakarya était rouge écrevisse et suait à grosses gouttes.

– T'as pas pris ta serviette?

Il leva vers lui des yeux qui ne le regardaient pas. Il plongea la main dans son sac de sport et s'essuya nonchalamment le visage. À ce stade, il devait avoir les pensées qui commençaient à s'effilocher.

– On va continuer sur de la course. J'ai prévu une bonne dizaine de kilomètres encore, avec alternance de séquences de trot et de sprint. On finira par le parcours d'obstacles. Faut que t'augmentes la vitesse à mesure.

Zakarya ne cilla pas. Il reposa la serviette dans son sac, délicatement.

– T'es prêt? lança l'entraîneur qui s'agaçait peut-être de sa lenteur.

– Qu'est-ce qu'on fout là? demanda-t-il d'une voix atone.

Djibril frémit d'impatience. Il plissa les yeux et répondit du tac au tac:

– À ton avis?

Zakarya sentit monter en lui un relent d'amertume.

– Je suis puni, c'est ça?

Djibril écarquilla les yeux. Il avait l'air sincèrement surpris mais Zakarya resta sur la défensive, trouvant qu'il surjouait l'étonnement. Jusqu'où comptait-il le balader comme ça sans lui donner la moindre explication?

Djibril semblait lire dans ses pensées.

– Tu penses vraiment que j'ai que ça à foutre pendant mes jours de repos? Ou t'imagines rien, parce qu'il y a que toi qui comptes? Après le match j'ai senti que tu voulais pas parler. Et ce matin, pareil, tu tirais une tronche jusque dix pieds sous terre; c'était pas le moment non plus.

Il haussa le ton.

– Tu comprends ça, que c'est toi qui empêches les autres de parler?

Zakarya reçut l'argument en pleine tête. Il vacilla, souffle coupé, recommençant d'instinct à trottiner sur place, pris d'une impatience qui remontait le long de ses cuisses et qui lui fit serrer les poings.

– OK, on reprend. Trois minutes de trot, deux minutes de sprint. C'est parti!

Le jour s'était levé. Le soleil peinait encore à passer à travers les nuages du fait d'une légère brume qui masquait la cime des arbres et faisait comme un rempart avec le reste du monde, rendant les bruits plus sourds, maintenant à distance ceux qui couraient désormais comme lui, les sportifs du dimanche, arrivés en milieu de matinée, s'égrenant sur le chemin, d'un côté et de l'autre, écouteurs dans les oreilles et montres connectées accrochées au bras. Au début, il en fut agacé, puis s'habitua à eux. Ils s'écartaient sur son passage. C'était comme une danse étrange et mystérieuse, tous ces corps en mouvement, seuls, avançant avec obstination vers un but incertain, se croisant s'évitant – plus il soufflait et suait et plus il en avait conscience, d'eux et de lui au milieu, comme si à mesure de l'effort que lui demandait la course, le dessin était plus net, plus vif et le monde plus ciselé, il y avait ce nez en pointe, et cet autre tout rond, ces épaules en dedans, cette allure d'oiseau rare, ces bras ballants, cet autre qui sautille, ne pose jamais ses talons, visions fugaces de ce qu'on laisse de soi, ce qu'on montre sans le savoir, ce dont il jouissait en secret, le mystère de chacun, des manières d'être au monde, tandis que ses jambes lui faisaient mal, qu'il crachait ses poumons et qu'une sueur brûlante dégoulinait dans ses yeux.

Quand enfin le sifflet retentit – après avoir sauté dix fois la haie dans un sens et dans l'autre, monté les genoux à hauteur de poitrine, continué de sauter en l'air en comptant jusqu'à 20, puis 30 et 100 – tu t'écroules en hurlant de soulagement, et tu ris, tu es allé au bout, tu ne penses plus à rien, tu es là où tu es, et à cet instant-là, tu ne demandes rien d'autre.

Tu ne doutes plus de rien.

Djibril proposa de déjeuner sur place avant de le ramener à Paris. Il avait apporté de quoi grignoter, il y avait une glacière dans sa voiture. *Une vraie mère poule*, se dit Zakarya, et cette pensée le réjouit.

Ils s'assirent à une table en bois au bord de l'eau. De là, on pouvait voir les gens glisser sur des paddles multicolores. Ça le ramena aussitôt à des souvenirs d'enfance.

– J'en ai fait beaucoup quand j'étais petit, lâcha-t-il sans y penser.

Il avala sa salive, aussi inquiet que si on venait de le pointer du doigt.

– Ah…, commenta Djibril en mastiquant son sandwich. Putain, j'avais la dalle.

Zakarya croqua à son tour dans le pain sec, bourré de mauvaise mayonnaise.

– La vache, t'as raison, ça fait du bien.

Tandis qu'il mâchait avec enthousiasme, Djibril se lança dans un bilan de l'entraînement :

– T'as fait des performances de ouf, Zak. T'es vraiment fait pour ça. En plus…

Il s'arrêta pour déglutir et avaler un grand verre de Coca.

– … t'es pas du genre gros balèze, bourré de muscles, qui y va en force. Moi, j'étais ce genre-là.

Zakarya ne s'attendait pas à ça. Il avait le cœur qui battait à tout rompre et faisait vibrer ses côtes comme si c'était un xylophone. Ça bourdonnait dans sa tête si bien qu'il ne pouvait entendre qu'un mot sur deux.

– Ton agilité, ta souplesse… et puis t'es un rapide, quand ça part, et que tu lâches tes coups, c'est mortel… franchement, j'ai jamais vu ça.

Zakarya avait arrêté de manger. Il avait compris, attendait la suite, le ventre noué.

Ils étaient assis côte à côte sur le même banc. Plus loin, les gens criaient quand ils tombaient à l'eau. Il se dit que l'eau devait être froide.

– Je comprends pas pourquoi t'as perdu.

Encore une rasade de Coca. Des miettes et des bouts de sandwich voletaient autour de lui. Ce type ne savait pas manger proprement.

– Tu sais, toi ?

Zakarya haussa les épaules.

– Je veux dire, t'y as pensé ?

– Non.

Djibril émit un sifflement aigu, lent et continu, suffisamment pour taper sur les nerfs de Zakarya.

– On dirait un ballon qui se dégonfle...

– Ah ouais, tu trouves ? C'est un truc que mon coach m'avait appris pour faire baisser la pression quand je sens que je suis au bord de péter un câble. Ça sert toujours.

Zakarya baissa la tête.

– OK.

Il ne voulait pas gâcher cette journée. Il fallait absolument qu'il trouve un truc à dire.

– Je sais pas, Djibril, je te jure, j'ai rien pu faire, j'étais lourd, tout, je sentais rien, je ne savais plus ce que je foutais là, alors que normalement...

Les mots lui manquaient. Les mots lui avaient toujours manqué.

– Normalement... ?

– Quand je suis dans le carré, j'y suis et c'est tout. J'ai jamais senti ça avant, je veux dire ailleurs.

– Hum…

Ils s'étaient remis à manger. Des muffins au chocolat avec un café tiède.

– En fait, t'avais peur de Paco !

– Peur ? Même pas, n'importe quoi ! C'est ça que tu penses ? Qu'il est meilleur que moi ?

– Genre, j'ai dit qu'il était meilleur ? Je l'ai dit ou je l'ai pas dit ?

– Tu l'as pas dit.

– C'est ce que tu penses, toi, en fait, et tu veux pas te l'avouer.

– Tu cherches les embrouilles, Djibril, sans déconner, mec, tu me fais chier !

Sa jambe s'était mise à s'agiter toute seule sous la table.

– J'y peux rien si ça t'agace, Zak, ce que je vais te dire, il faut que tu l'entendes, sinon t'avanceras pas. T'as perdu alors que t'aurais pu gagner. Le niveau tu l'as, c'est pas le problème, ce qui te manque c'est d'y croire, mais ça aussi, je peux m'en charger ! Par contre, il y a un truc qu'il te reste à régler toi tout seul…

Il posa sa main sur le bras de Zakarya qui menaçait de l'interrompre.

– Laisse-moi parler… On a tous peur de perdre ! Quand on joue, c'est logique. Sauf que c'est jamais la même ! Chaque peur a un visage et un seul, et ce visage-là, il faut que t'ailles le chercher au fond de toi, que tu dises son nom à voix haute. Tu comprends ce que je veux dire ?

Zakarya était maintenant aussi inerte qu'un bout de bois mort. Ce qui n'empêcha pas Djibril de continuer sur sa lancée.

– Tu sais ce qu'a répondu Tyson à un journaliste qui le voyait trembler juste avant un match capital ? Perdre, c'est une humiliation. Et cette humiliation, ça nous fait disparaître, ça nous réduit à rien, ça nous rappelle le pire.

Il se tut, pris par une émotion personnelle.

– … ce jour que t'aurais préféré ne pas vivre.

Zakarya ne bougeait toujours pas.

– Tu m'écoutes ?

Il frémit. Puis soupira.

– Je sais pas quoi dire, Djibril. Je…

Il bafouilla quelques mots incompréhensibles.

– On y va ?

Il n'en pouvait plus. Mais Djibril s'obstinait. Il ne partirait pas sans avoir obtenu ce qu'il était venu chercher.

– Même Paco qui est pourtant pas courageux, il a répondu direct quand on s'est posé la question.

Zakarya bondit sur ses deux jambes.

– Quoi ? Qu'est-ce que tu fais, là… tu nous mets en compét depuis le début, tu joues un jeu pourri…

Il marqua un temps, s'empara de son sac, l'accrocha à son épaule, tourna sur lui-même et pour finir le jeta à terre comme on fait quand on est prêt à se battre.

– Tu l'as amené ici ? Hein, réponds ! Mais oui, bien sûr, ce que je suis con, vas-y, t'es le meilleur, *blablabla*… tu fais le coup à tout le monde ? La vérité, t'es qu'un tocard, man ! Ça te fait kiffer, les confidences, c'est ton shoot, hein, essuyer les larmes de tes petits protégés…

– Me parle pas sur ce ton, Zak, ça me rend nerveux !

– Je te parle comme ça me vient. Faut pas me chercher, c'est tout !

Soudain, Djibril tapa un grand coup sur la table.

– Personne me parle sur ce ton, c'est clair ? Toi pas plus qu'un autre, c'est clair ?

– C'est clair..., répondit Zakarya en imitant sa voix. Tu me fais pas peur en fait, moi, j'ai pas peur, pas peur, pas peur !

Il s'était approché, près très près, trop près, il hurlait ces mots-là à quelques millimètres du visage de son coach.

Qui le repoussa brutalement d'un simple coup dans le ventre.

En quelques secondes, ils se retrouvèrent au sol, roulant sur eux-mêmes dans la terre boueuse, à se rouer de coups l'un l'autre pour avoir le dessus. À bout de souffle, Djibril tentait de le contenir, le maintenant au sol, *arrête calme-toi ça rime à rien Zak putain joue pas au con,* mais le son de sa voix ne faisait que raviver la fureur de Zakarya qui au prix d'un violent effort se redressa, déstabilisant Djibril qui bascula en arrière si bien que Zak finit par s'allonger sur lui, un bras sous son menton, pressant sur sa trachée, ne relâchant pas la pression, les yeux rivés à son visage, lèvres pendantes, bavant et pleurant avec une rage brûlante.

Un cri étouffé et rauque le ramena à lui-même.

Il s'écarta soudain. Djibril reprit son souffle et toussa un petit moment. Zakarya, paralysé, le fixait sans bouger. Et puis il se précipita pour trouver une bouteille d'eau qu'il lui tendit. Djibril la balança d'un geste furieux.

Ils restèrent assis à même le sol sans bouger. Le regard rivé au sol, Zakarya reprenait lentement ses esprits. Il entendait Djibril tousser, cracher et marmonner des propos inaudibles. Immobile comme une pierre

Mais qu'est-ce qui t'a pris, putain?

Les mains de Zakarya se mirent à trembler. Il manquait d'air, son corps se couvrait d'une sueur froide, ne comprenait rien, qu'est-ce qui s'était passé, qu'est-ce que Djibril lui avait demandé, parti en vrille sans plus savoir le mot qui l'avait fait basculer, il se concentra de toutes ses forces, serra les poings, ferma les yeux, rien, c'était reparti, ne restait que cette sensation de boue, une odeur de vase remontant d'on ne savait où, qui s'accrochait à ses pieds, à ses mains, s'immisçait partout, ou c'était lui qui s'était mis à suinter, par chaque pore de sa peau, un liquide saumâtre, acide, qui le brûlait, *j'ai pas fait exprès, c'est pas ça que je voulais,* une voix, toute petite, aiguë et pleurnicharde, appelant au secours, qu'il aurait fallu étouffer, se frayait un chemin à travers sa conscience. D'instinct, il rouvrit les yeux, se mit à jouer avec les graviers qu'il fit rouler sous ses doigts, du sable un petit trou qu'on creuse et qu'on recouvre, et les ongles qu'il faudra nettoyer, la voix de sa mère qui l'engueule, *ouvre les yeux, concentre-toi, parle, redresse-toi.*

– Excuse-moi, Djibril!

– Va te faire foutre! siffla le coach.

Mais en même temps, il tendait la main pour qu'il l'aide à se relever. Ils rassemblèrent leurs affaires et les rangèrent méthodiquement. Ils marchèrent côte à côte jusqu'à l'automobile sur la route. Et comme à l'aller, ils n'échangèrent pas un mot. Mais cette fois Zakarya aurait fait n'importe quoi pour que Djibril lui dise quelque chose.

Il était 18 heures quand il le déposa en bas de chez lui. Zakarya n'en menait pas large. Il prit un temps démesuré pour sortir de la voiture. La main sur la poignée, il marmonna :

– Excuse-moi vraiment, coach, je sais pas ce qui m'a pris... c'est allé trop loin, quoi, j'ai perdu le contrôle.

Djibril dodelina de la tête. Se gratta le nez et lâcha un *ouais* sceptique.

– Tu m'en veux pas ? supplia Zakarya.

Les yeux de Djibril flamboyèrent.

– M'en demande pas trop, *fils*.

Le *fils* cacha mal l'émotion qui lui coupa le souffle.

– À mardi ?

Djibril répondit tranquillement.

– OK, à mardi.

Zakarya se retrouva seul sur le trottoir avec l'impression étrange que le sol se dérobait sous ses pieds. Il était rincé. Il aurait dû rentrer se coucher. Impossible de se retrouver dans sa petite chambre toute noire. Aucune envie de s'allonger dans son lit, encore moins de fermer les yeux. Il leva la tête vers son appartement. Toutes les lumières étaient éteintes. Sa mère devait être encore chez Maïté. Il n'hésita plus, décidant de faire comme chaque dimanche soir, de retrouver les autres au café.

Avec un peu de chance, Paco n'y serait pas.

Procès jour 2
Tribunal des assises de Paris

COUPS BAS

L'audience avait pris du retard. Le fourgon qui devait conduire l'accusé était coincé dans les embouteillages, un retard habituel qui allait rendre cette journée interminable. Fébrile, Léonie Colancelle allait et venait dans la salle. Le silence de Zakarya la rendait dingue. Elle avait beau faire semblant de s'en être accommodée, elle n'avait pas renoncé à ce que le procès joue un rôle cathartique.

La mère de Zakarya ne la quittait pas des yeux. Elle était arrivée parmi les premières. L'avocate avait pourtant insisté pour qu'elle se préserve ce jour-là. Était prévue en plus de la déposition du commissaire de police, celle du médecin légiste. On allait entrer dans des considérations techniques éprouvantes pour elle – l'état dans lequel on avait retrouvé le corps, le nombre de coups qui lui avait été portés, l'acharnement que cela supposait – Léonie avait jugé préférable de lui épargner ce genre de détails et l'effet que cela ne manquerait pas de produire sur les jurés. Mais Mme Benothmane l'avait arrêtée d'un regard qui signifiait : *Ne te mêle pas de ce que je dois faire pour mon fils.*

– J'y serai, s'était-elle contentée de répondre, de cette voix grave et déterminée qu'elle avait toujours, même quand elle se mettait tout entière à trembler d'émotion.

Les yeux cernés, les traits creusés, elle avait l'air encore plus mal en point que la veille. Léonie s'approcha.

– Le fourgon a pris du retard. Au moins une demi-heure... C'est toujours comme ça, compte tenu du trafic, il suffit d'un accident sur la route et...

– Il était comment, hier soir ? l'interrompit Yasmine.

– Franchement, ça allait... Il m'a demandé de vous embrasser, de vous rassurer aussi pour son mal de dents, on lui a donné le bon traitement et je crois qu'effectivement la fièvre avait enfin baissé...

Yasmine ferma les paupières. Tout son corps s'affaissa. Avait-elle deviné que Léonie mentait ? Zakarya avait juste répété qu'il était pressé d'en finir.

Elle s'éloigna pour échanger quelques mots anodins avec l'avocat général. C'était toujours mieux de se montrer courtois avant le début d'une audience. Pour cacher son appréhension, elle rit trop fort à ces mots d'esprit dont il était friand. Un policier lui fit enfin signe. Zakarya était arrivé. Elle s'empressa d'aller le retrouver, entra dans la salle avec un café brûlant. On le détacha, il l'avala d'une traite. Il avait troqué sa chemise froissée de la veille pour un haut de jogging tout neuf et il s'était rasé. Elle faillit le féliciter mais son enthousiasme lui sembla déplacé. Avec lui, sans qu'elle parvienne à se l'expliquer, elle était toujours sur ses gardes, veillant toujours à ne pas trop en dire.

– Ma mère est là ? demanda-t-il avec anxiété.

– Bien sûr, répondit-elle aussitôt.

Elle aurait voulu effacer les conseils qu'elle avait donnés à Yasmine. Zakarya serra les poings avant de se lever pour s'étirer.

– Si je pouvais, j'irais courir des heures ! Tout plutôt que de rester assis sur ma petite chaise de bois à écouter leurs conneries.

C'était rare qu'il en dise autant dans une seule phrase. Elle hocha la tête.

– Je comprends...

Leurs regards se croisèrent. *Tu as raison,* s'excusa-t-elle en silence, *je ne peux pas comprendre, désolée.* Il sautillait sur place, penchait la tête à droite et à gauche pour faire craquer les os de sa nuque.

– Vous avez du parfum... ?

Il rougit.

– Je veux dire, hier ; excusez-moi, je me comporte comme un...

Elle lui tendit un échantillon.

– Vous avez aimé ?

– Grave...

– Alors c'est super.

Elle sourit. Le moment lui sembla propice pour poser la question qui lui brûlait les lèvres.

– Zakarya ?

– Hum ?...

– C'est qui Aïssatou ?

Il ne cilla pas. Simplement il se rassit un peu trop

vite sur le banc qui se trouvait sur le mur opposé, juste sous la fenêtre, comme s'il avait senti d'instinct qu'il y serait à contre-jour et qu'il pourrait plus aisément cacher ses réactions.

– Je sais pas.

– Elle, elle vous connaît bien en tout cas…

– Ah ouais ?

Il fit craquer ses doigts. Tira sur les manches de son pull, y cacha ses mains. Elle poursuivit si doucement qu'il fut obligé de se pencher pour l'entendre.

– Elle m'attendait à la sortie du tribunal hier soir. C'est une grande fille noire recouverte d'un hidjab… Vous voyez vraiment pas ?

Il se contenta d'une moue un peu vague qui pouvait tout vouloir dire. Elle insista :

– Elle avait l'air désespérée…

Il ne put retenir une légère crispation de la mâchoire, se fit violence pour lever les sourcils et feindre l'indifférence.

– Elle voulait quoi ? marmonna-t-il en s'adossant contre le mur, les yeux rivés au sol.

– Pas grand-chose… Elle a répété que ce n'était pas vous, que ce n'était pas possible, qu'il fallait que je la croie. Elle m'a attrapé les deux mains pour me retenir. Et puis elle a disparu…

– Vous l'avez crue ?

Elle marqua un temps. Se leva, agacée, et monta d'un ton :

– On s'en fout de ce que j'en pense, monsieur Benothmane. Ce que je veux savoir, c'est qui elle est, et pourquoi elle me parle entre deux portes…

Elle s'arrêta, tentant un coup de poker.

– Je ne sais pas pourquoi je vous en parle puisque vous ne la connaissez pas… !

Il hocha la tête sans ciller. Et approcha le creux de son poignet jusqu'à ses narines.

– Grave…

Il était exaspérant quand il prenait ostensiblement cette allure d'ado revenu de tout.

– OK. Alors j'y vais.

Elle sortit sans ajouter un mot, fit quelques pas dans le couloir, le ventre noué.

– Madame ?

Le policier la rappelait. Elle revint précipitamment sur ses pas, referma soigneusement la porte derrière elle, le cœur soudain plein d'espoir. Zakarya, debout et les menottes aux poignets, la regarda droit dans les yeux, le visage impassible.

– Vous n'y pouvez rien, lui dit-il, c'est mon destin. Je vais faire avec, vous en faites pas, vous n'y êtes pour rien.

Elle aurait pu hurler. Elle le fusilla du regard et courut presque jusqu'à la salle d'audience.

On annonçait la cour.

Les jurés semblaient beaucoup plus détendus et assurés que la veille. Sans doute venaient-ils de partager leurs premières impressions et d'apprendre à se connaître. Le président Delausne avait un air satisfait qui déplut à Léonie. Elle fut certaine soudain qu'il allait se passer quelque chose d'imprévu.

Elle ne se trompait pas. Après les premières phrases d'usage, le président annonça qu'il commencerait la journée par quelques questions à l'accusé.

– Je vous demande de répondre de manière concise pour ne pas alourdir une journée qui s'annonce déjà très longue…

Zakarya esquissa un sourire ironique. Elle l'entendit marmonner *si je te dérange, je peux retourner en cellule, man, y a pas de problème…*

Elle se retourna vers lui, glissa promptement une main sous la vitre de protection jusqu'à toucher son genou qu'elle serra de toutes ses forces avant de se retourner vers le magistrat, tout sourire.

Celui-ci poursuivait :

– Lors de votre interrogatoire hier, nous n'avons pas abordé la question de votre détention.

Un des jurés – ou plusieurs – avait dû demander à avoir des précisions sur l'état physique de Zakarya. C'était de bon augure. Léonie respira.

L'accusé se leva, planta ses deux pieds dans le sol, ajusta le micro.

– Ma détention est difficile, comme toutes les détentions dans les prisons françaises.

– Je n'ai pas encore posé de questions, s'agaça le président. Et que les conditions soient éprouvantes, nous le savons tous. En revanche, je voulais que vous reveniez sur les deux… disons… problèmes que vous avez rencontrés durant ces quelques mois au centre pénitentiaire Bonne-Nouvelle de Rouen dont le directeur a jugé bon de me faire part dans un rapport circonstancié.

– Ah ça…

C'est dégueulasse, pensa Léonie, *vraiment dégueulasse. Quel enfoiré…*

– Oui, ça…, souligna ironiquement le président.

Zakarya cherchait ses mots, passant d'un pied sur l'autre.

– Je vais pas raconter ça, en fait, monsieur le président, j'ai pété les plombs deux fois en 18 mois et j'ai fait pas mal de jours de trou en guise de punition. Pour moi, c'est réglé, le directeur et moi, on est quittes.

Il allait se rasseoir mais il se ravisa.

– Juste... quand même... je peux dire un truc aux jurés... je sais pas qui pourrait supporter gentiment de se faire bouffer les cheveux par des rats. Sans péter un plomb, je veux dire...

Cette fois, il se rassit, garda les bras appuyés sur ses cuisses, mains croisées. Comme si ça l'avait rabaissé un peu plus encore de devoir dire à voix haute ce à quoi on l'avait réduit, d'être traité comme ça, pire qu'un animal.

– Dans ce rapport, poursuivit Delausne, imperturbable, il est question d'actes de violence répétés à l'encontre des surveillants. La deuxième fois, le coup que vous avez porté a occasionné une interruption temporaire de travail de deux jours. Le directeur souligne que vous avez un tempérament rebelle et que vos colères – je cite – sont *incontrôlables*.

Il se tourna vers l'avocate.

– J'ai tenu à faire part de ces éléments aux jurés car ils viennent compléter le profil... disons sanguin de l'accusé.

Il avait l'air un peu embarrassé. Ajouta tout bas, presque pour lui-même :

– ... dans ces affaires où l'accusé refuse de parler... on est quand même obligés...

Il ne finit pas sa phrase. Un silence épais s'était abattu sur la salle. Zakarya ne bougeait pas d'un cil. Son avocate hésita à prendre la parole pour enfoncer le clou. Elle ne quittait pas les jurés des yeux. Ils étaient mal à l'aise. Elle décida de laisser traîner cette impression, elle y reviendrait quand on chercherait à transformer Zakarya en brute incapable de contrôler ses pulsions. Ce qu'il était peut-être, même si elle avait tendance à penser le contraire sans pouvoir le justifier. Mais puisque Zakarya avait choisi de se taire, ils étaient tous condamnés à faire avec leurs intuitions.

Le regard de cette Aïssatou la hantait. Il y avait eu dans leur échange bien plus que ce qu'elle avait voulu raconter à Zakarya. Cette fille avait soutenu ses questions, ses doutes et même son agacement avec une dignité et une distance étranges. Elle n'avait rien lâché qui puisse aider Zakarya. Ils partageaient le même désespoir. Et Léonie n'y pouvait rien.

Mai 2017
Hôpital Robert-Debré

FOUDRES

Le jour où Zakarya rencontra Aïssatou, c'était une journée comme les autres. Absolument ordinaire. Alors qu'il s'apprêtait à rentrer chez lui, qu'il venait même de composer le code d'entrée et que la grille s'était déjà entrouverte, la petite Félicité se rua sur lui, se jeta dans ses jambes, essoufflée, les yeux exorbités, *viens s'te plaît viens,* le tirant par le bras, le blouson, *qu'est-ce que tu veux, qu'est-ce qui se passe* il était déjà en train de courir avec elle, une rue, puis l'autre et puis villa Curial, entre les tours…

Un garçon gisait par terre, sa tête à même le sol, baignant dans son sang. Un petit garçon, bien plus jeune que Félicité.

Il y avait deux autres petits à côté qui lui tenaient la main.

– Ils sont où ses parents ? cria-t-il en se jetant sur le môme.

Félicité ouvrit la bouche, les yeux affolés.

– Il faut pas les prévenir, s'te plaît… Sékou devait garder Ibrahim et ça s'est mal passé. Il était comme un fou.

– Il est tombé tout seul, par-dessus le vélo, il…

Un gamin de 9 ans qui en garde un de 5.

– Sékou ?

Les yeux clos. Le corps inerte.

Zakarya leva la tête. Les gamins avaient l'air terrorisés. Devait y avoir une raison.

– OK, je l'amène à l'hôpital.

Le visage de Félicité s'éclaira.

– Merci…

Zakarya ne savait pas s'il faisait bien. Une blessure à la tête… mais si les pompiers s'en mêlaient…

Tu te souviens de la course avec l'enfant dans tes bras, inconscient. Sa tête tient dans le creux de ta main, la plaie continue de saigner, gluante, épaisse, terrifiante

Et puis tu l'entends qui gémit, les lèvres entrouvertes, comme s'il avait soif, ou qu'il cherchait de l'air,

tu lui parles, ça va aller, Sékou, on va voir un docteur, il garde les yeux fermés, tu dis n'importe quoi, n'aie pas peur, je suis Zakarya, ta maman va venir, bientôt elle sera là, mais non elle ne te grondera pas, Ibrahim ne se fera pas gronder non plus, il est avec Félicité, ta maman, ta maman, pense à ta maman, l'idée qu'il puisse avoir un père ne te traverse même pas, les pères ne sont jamais là, les pères ne veillent pas sur les enfants.

Jamais.

Il se souvenait de l'hôpital au bout de l'avenue Jean-Jaurès. Quelques minutes suffirent pour qu'il arrive avec l'enfant dans les bras, la dame de l'accueil blêmit, poussa un petit cri scandalisé, porta la main à sa bouche, ne supportait pas la vue du sang, elle paniquait, c'était pas son métier, Zakarya supplia, *aidez-moi,* mais il n'y avait pas de service d'urgences, ici c'était pour les vieillards, gériatrie seulement, n'avait pas fini sa phrase qu'il était déjà reparti, l'hôpital Debré, fonça sur un taxi, un grand mec, pakistanais, qui sans un mot le fit monter dans sa voiture et conduisit comme un dingue jusqu'à l'hôpital

Sans demander un sou

Sans demander ni pourquoi ni comment

Les yeux perdus dans des souvenirs, regard sans tain – tu t'es dit, tu t'en souviens – il y a des gens comme moi, comme d'une même famille, ceux qui s'interdisent de regarder en arrière, forcés de foncer droit devant, survolant les abîmes et croyant dur comme fer que la vie peut continuer comme si, recommencer ailleurs

Au service des urgences, les médecins le prirent immédiatement en charge, Zakarya répondit aux questions comme il pouvait, avec ce qu'il savait de la chute à vélo, on finit par lui demander qui il était, il dit *un voisin,* et se ravisa, *un ami…*

– Sa mère va bientôt arriver. En attendant, je reste.

Il s'assit dans la salle d'attente au milieu d'une quinzaine d'autres qui avaient les traits déformés par l'anxiété et la fatigue. Il se reprochait de ne pas avoir assez insisté pour être avec le petit. Il ne tenait pas en place. Retournait régulièrement à l'accueil pour demander des nouvelles. L'infirmière était adorable. Elle alla se renseigner plusieurs fois.

– Il est à la radio. On vérifie qu'il n'y a pas de traumatisme crânien. Il faut vous préparer à ce qu'on le garde, vu qu'il a perdu connaissance…

Impossible de te souvenir du temps que ça a pris, mais pire encore, tu ne sais plus si tu as appelé Maïté, la maman de Félicité, il fallait bien prévenir quelqu'un, la voix de Félicité te revient, ne dis rien, ne dis rien, tu ne sais plus précisément, tu as l'habitude d'enfouir les catastrophes, tout devient flou dès qu'il s'agit de choses importantes, de tes émotions, de ton cœur qui bat.

Il n'y a rien d'autre de très précis dans tes souvenirs, sauf son apparition. À un moment donné, elle était là, bouleversée, affolée, haletante, il est où ? elle murmure au bout de son souffle, tu es devant elle, tu l'as tirée vers toi, tu as saisi ses mains, tu as tout pris en pleine tête, son odeur, ses larmes, son visage rongé d'inquiétude.

– Tout va bien, ils font des examens, ça va aller.

Aïssatou le regardait sans paraître entendre les mots qu'il prononçait.

– Il est où ? Je veux le voir.

Elle était grande, presque autant que lui. Il eut l'impression de la voir pour la première fois, se demanda effaré comment il avait pu passer à côté d'elle sans la voir telle qu'elle était maintenant, prodigieusement belle, bouleversante, désirable. Il se ressaisit, s'interdisant ce genre de pensées, ça le rendait plus maladroit encore qu'il ne l'était d'habitude.

Il la conduisit jusqu'à l'accueil. Mais la dame fut moins rassurante, elle déclara avec un sourire gêné qu'un médecin allait les recevoir. Sékou avait été transféré en chirurgie. Elle leur indiqua le chemin à suivre, les flèches rouges et bleues puis vertes.

Ils réussirent à ne pas se perdre dans le labyrinthe de couloirs déserts et à peine éclairés. Ils marchaient côte à côte, d'un pas vif, incertain quand, stoppant net, elle se tourna soudain vers lui.

– T'es pas obligé, Zakarya, je peux me débrouiller, je veux dire quand on l'aura trouvé, je veux pas que tu…

Il posa sa main sur ses lèvres.

– Arrête… Je suis là, c'est tout.

Tu gardes la sensation de ses lèvres sur le bout de tes doigts, électrique. Ses grands yeux noirs, surpris, et tu l'es autant qu'elle, aussi étonné, émerveillé par elle, par toi, par ce vous qui est en train d'apparaître, tranquillement, et cette assurance qui te vient d'on ne sait où, l'envie de ne plus la quitter, être à côté d'elle, et si c'était ta place?

Arrivés dans le service, Aïssatou demanda à voir Sékou. On ne lui laissa pas le temps de se présenter. Le médecin, un interne qui avait l'air à peine plus vieux qu'eux, déboula d'une salle d'examen. L'infirmière le retint.

– Les parents du petit Sékou…

– Ah! On vous attendait…

Il rangea un stylo-bille dans la poche avant de sa blouse. Il n'avait pas pris soin de remettre le capuchon. Une tache rouge apparut, s'étalant doucement. Comme si son cœur s'était mis à saigner.

– Votre enfant va bien. Il n'a pas de traumatisme crânien comme on a pu le craindre, il est juste un peu sonné. On a suturé la plaie du crâne, ça c'est OK. En revanche, il s'est cassé le bras, le cubitus gauche, et l'os s'est un peu déplacé, ce qui nécessite une légère anesthésie… Et au moins six semaines de plâtre. Ce serait bien que vous signiez les papiers, l'autorisation…

Le médecin ne s'adressait qu'à Zakarya qui soutenait son regard, en hochant la tête pour montrer qu'il avait tout compris, pour avoir l'air sérieux. On le prenait pour le père, lui, Zakarya, quelle blague !

– On se revoit après l'intervention, dit le médecin pour conclure.

– Vous pouvez passer voir Sékou quelques minutes, il est dans la chambre 9, déclara l'infirmière.

Aïssatou signa les papiers sans trembler.

– Vous avez sa carte Vitale ?

La jeune fille secoua la tête.

– Je suis partie sans rien. Je vous les apporte demain. Après...

L'infirmière se tourna vers Zakarya. Puis revint vers Aïssatou. Elle avait un doute, soudain. Elle se gratta le haut du crâne, soupira.

– OK, demain...

Ils se précipitèrent alors vers la chambre 9.

– Sékou ! Mon bébé, mon chéri, ça y est, je suis là.

On lui avait rasé les cheveux. Il avait du sang séché sur son visage. Il tourna la tête vers sa sœur et se mit aussitôt à pleurer sans bruit. De grosses larmes coulaient sur ses joues rebondies.

– Je suis tombé.

– C'est pas grave, ça arrive, t'en fais pas, maman se fâchera pas, je te promets.

– J'ai mal.

– T'as mal où, mon amour, dis-moi.

Il tourna la tête vers Zakarya qui s'avança d'un pas.

– Salut ! Je m'appelle Zakarya, c'est moi qui t'ai amené ici.

Sékou ouvrit des yeux ronds.

– Zakarya le boxeur ?

Un sourire illumina son visage. Et Zakarya sentit sa gorge se serrer. C'était lui qui avait provoqué ce sourire sur le visage de l'enfant ?

Il s'approcha du lit.

– Je suis très fier de te connaître, petit bonhomme, t'es courageux, tu sais, je l'ai vu pendant que je te transportais à l'hôpital. On va rester ici le temps qu'on remette ton bras en état. On sera là quand tu vas te réveiller.

Il avait une voix grave, un peu solennelle. Il avait glissé sa main dans celle de l'enfant. Ils étaient aussi impressionnés l'un que l'autre. Zakarya se sentit important. Il posa sa main sur son front, le caressa du bout des doigts.

– Ça va, t'as pas trop mal ?

Sékou se força à sourire.

– Je suis fatigué.

– On va te laisser dormir. On t'attend dehors, on t'attend, on bouge pas, d'accord ?

– D'accord.

Sékou ferma les yeux. On avait dû lui administrer des calmants. Il avait l'air apaisé.

C'est le moment du film que tu préfères.

Cette nuit que vous avez passée tous les deux dans un hall d'hôpital, peut-être pas la nuit mais au moins quelques heures, vous ne vous êtes rien dit, ou si peu, et ça continue de t'étonner alors qu'il te semble lui avoir confié dès les premiers instants de cette nuit-là ta vie entière, ça veut dire ton âme et ton corps et tant pis pour ceux que ça fait rire. Le savait-elle ? Le sentait-elle ? Elle n'a pas posé de questions, pas demandé pourquoi ni comment tu t'étais retrouvé là, elle a dit qu'elle avait pris le même taxi, le Pakistanais, qui se trouvait au même endroit, devant l'hospice des vieillards de l'avenue Jean-Jaurès, il y avait encore un peu de sang sur la banquette arrière, vous avez parlé de cet ange protecteur qui vous avait réunis sans poser de questions, qui lui aussi vous avait pris pour des parents, ça vous avait fait rire, on a donc l'air si vieux ? Vous aviez échangé des regards complices.

Le temps s'étirait. Vous aviez faim. Mais vous n'osiez vous éloigner de la chambre de Sékou. Aïssatou avait fini par poser sa tête sur ton épaule. D'y penser te fait encore bander. Tu as pris sa main, elle te l'a laissée, vous vous êtes assoupis – tu n'arrives pas à y croire, il te semble impossible que tu aies réussi à dormir, ne serait-ce que quelques secondes, assis sur un mauvais siège en plastique, avec cette fille sublime abandonnée contre toi – et puis sa tête a glissé, elle s'est mise en boule, elle a demandé, je peux ? et sans attendre la réponse, elle a posé sa tête sur tes cuisses, avec ta main toujours dans la sienne, ta main humide, chaude, brûlante mais qui ne tremblait pas. De l'autre et du bout des doigts, tu as dessiné le contour de son visage, son nez, son front bombé, et dans ton souvenir tu y reviens sans cesse, à ses pommettes rondes et lisses, ses cils courbés, et quand sa bouche s'est entrouverte, un peu, son souffle qui s'est accéléré, le tien aussi, tu bandes tellement que tu as mal, que tu as honte avec ton sexe qu'elle va sentir, à force, mais qu'est-ce que tu vas faire, qu'est-ce que tu peux dire, tu n'es même pas sûr de pouvoir te lever, marcher droit, quel idiot, tu devrais arrêter, mais elle relève la tête, tend ses lèvres vers toi, et doucement tu te penches et doucement tu t'approches et poses tes lèvres sur les siennes, les effleures seulement, tu t'écartes, la regardes, elle a les yeux fermés, offerte, si belle que tu en as le souffle coupé, tu ne veux pas que ça s'arrête, tu ne peux pas continuer, tu vas tout abîmer, tu le sais déjà, tu ne pourras jamais l'aimer comme il faudrait, toi qui n'es que la moitié d'un. Mais à ce moment-là, tu ne le sais pas encore, tu te crois plus fort que tout, tu imagines que le destin va arrêter de s'acharner, tu seras plus fort que lui, et que tu arriveras à passer entre les gouttes.

Une infirmière revint du bloc avec une charlotte bleue sur la tête. Elle était tout sourire. Ils se précipitèrent vers elle.

– Tout va bien, il est en salle de réveil, on va le remonter, il vous réclame beaucoup.

Aïssatou poussa un cri de joie et sauta au cou de Zakarya. Il passa son bras autour de sa taille, un geste furtif, il ne s'attarda pas.

– Alors comme ça, vous êtes boxeur? demanda l'infirmière.

Il rougit, hochant la tête en guise de réponse.

– Parce qu'il ne parle que de ça... il veut absolument vous poser des questions.

C'était comme un reproche. Sékou se conduisait comme un fils qui ne voit jamais son père. Zakarya soutenait le regard accusateur de cette femme et se sentait étrangement coupable. Aïssatou se rapprocha de lui, tout son corps collé contre le sien. Elle était à peine plus petite que lui et, comme ça, face à cette femme et ses doutes, ils eurent l'impression de ne former plus qu'un.

Elle tourna les talons et ils se rendirent dans la chambre 9 pour attendre Sékou. Leurs téléphones se mirent à vibrer en continu. Dans le couloir, il ne devait pas y avoir de réseau. Et ils avaient forcément reçu des tonnes de messages pendant la nuit.

Ils passèrent un petit moment chacun les yeux rivés à leur écran. Aïssatou était devenue soudain extrêmement nerveuse. Elle restait debout, allant et venant, dans un sens et dans l'autre.

Zakarya avait envie de la prendre dans ses bras, de la serrer contre lui, il ne pensait qu'à ça, regrettait déjà la nuit qui venait de s'écouler, la vraie vie allait reprendre le dessus. Et il allait la perdre.

– Qu'est-ce qui se passe? finit-il par marmonner.

Elle ne l'entendit pas. Il insista.

– Hé! Aïssatou!

Elle sursauta. Planta ses grands yeux noirs dans les siens.

– Excuse...

Ses mains tremblaient. Elle pianota quelques mots sur son portable et le rangea à nouveau dans sa poche. Puis le ressortit pour l'éteindre. Il fit comme elle et ce choix signa le début de leur histoire. Comme durant cette première nuit ensemble, ils se tiendraient ensemble, cachés, dans une bulle qui n'appartiendrait qu'à eux. Ils étaient toujours debout. Le jour était en train de se lever sur un ciel bas et gris. Il pleuvait des cordes. L'eau tambourinait sur le rebord de la fenêtre. De grosses gouttes lourdes qui faisaient comme une musique de fond, entêtante et sournoise.

– Faut que je te dise..., commença-t-elle, les yeux baissés.

On entendait du bruit dans le couloir. Les infirmières s'interpellaient, ça sentait le chocolat chaud, des enfants se mettaient à pleurer, à crier, à réclamer. Tout le monde parlait trop fort, sembla-t-il à Zakarya, comme s'ils faisaient tous semblant de vivre.

Aïssatou cherchait ses mots.

– Ma mère est au Cameroun. Elle y va tous les ans pour voir sa sœur. Du coup, mon frère et moi, on s'occupe des plus petits. Je devais... m'occuper... enfin, tu vois quoi... Et en fait, je suis allée au stade, et après j'ai traîné avec les filles... juste un peu, je te promets. Tu me crois ?

Elle se tordait les mains, l'une contre l'autre, quand elle ne portait pas ses doigts à sa bouche pour se ronger les ongles.

– T'es folle ou quoi ? s'insurgea Zakarya. Bien sûr que j'te crois, c'est quoi, l'histoire ?

– Tu sais très bien que j'aurais pas dû. Brahim, il est beaucoup trop petit pour garder Sékou.

Oui, c'était même la première chose qu'il s'était dite.

– T'avais des raisons...

Il était prêt à l'excuser, il ne supportait pas qu'elle se sente coupable, ni qu'elle soit malheureuse. Il n'était pas honnête. Sa seule obsession, c'était de la sentir à nouveau abandonnée contre lui.

Elle avait encore quelque chose à lui dire.

Elle n'en eut pas le temps.

Soudain la porte s'ouvrit sur un type épais, assez grand, musclé comme le sont les gars qui sont obsédés par leurs muscles.

– Assane !

C'était un cri de supplication, un cri d'effroi, étouffé, retenu, vaincu. Elle reculait déjà, les mains devant elle, pour se protéger. La seconde d'après, il se jeta sur elle. L'attrapa par les cheveux, l'obligeant à se tordre en arrière. Elle ne cria pas, tenta juste de le repousser.

– Où est-ce que tu étais, connasse ? Avec qui tu traînais ?

– Putain... Calme-toi, mec... qu'est-ce que tu fais ? hurla Zakarya.

Assane tourna la tête sans lâcher Aïssatou. Il le dévisagea tranquillement, sans l'ombre d'un doute ou d'un remords sur le visage.

– T'es qui, toi, qu'est-ce que tu fous là ?

Aïssatou se précipita pour répondre :

– Il a sauvé Sékou.

La pression retomba d'un coup.

– OK.

Il lâcha Aïssatou.

– Je suis son frère. C'est moi qui la surveille. Tu sais comment c'est, faut pas rigoler avec ça. T'as une sœur ?

Zakarya fit non de la tête.

Justement on ramenait Sékou qui avait retrouvé son énergie habituelle. Il semblait n'avoir plus qu'une envie, sauter hors de son lit et se remettre à courir et à sauter dans tous les sens.

– Zakarya ! s'écria-t-il, en le voyant.

– Ben tu vois, il est là, s'amusa le brancardier. Vous êtes un héros, monsieur, à ce qu'il paraît ?

– Oui, oui... Vite fait...

Assane venait de jeter un tissu au visage de sa sœur. Qui l'entortilla autour de ses cheveux. Zakarya n'arrivait plus à croiser son regard. Il ne fallait pas que quelqu'un suggère qu'il était le père de Sékou.

Il s'approcha du petit.

– Quand tu seras dehors, et que ton plâtre sera bien sec, tu me diras. Je te ferai une super signature dessus et même si t'insistes un dessin, OK?

– OK.

Il avait les yeux qui brillaient d'excitation, mais il faisait lui aussi attention à ne pas trop en faire devant son frère Assane.

Zakarya lui fit un clin d'œil et s'éloigna du lit.

– Salut, mec, je vous laisse en famille.

– Ouais, c'est mieux, rétorqua Assane en plissant les yeux d'un air méfiant.

Il avait l'air complètement cinglé.

Zakarya salua Aïssatou de loin, sans la regarder et sans dire un mot. Se contentant d'un bref signe de tête.

Et il sortit de la chambre.

– Merci! cria-t-elle alors qu'il était déjà dans le couloir.

Il se retourna mais elle avait disparu. Son absence lui fit l'effet d'un coup dans le ventre. Il se retint de revenir sur ses pas, inquiet, fébrile, n'ayant plus qu'elle en tête. Ce fut comme un pressentiment – il risquerait de la perdre / toujours / même au plus fort de l'amour – ou était-ce le vertige de l'avoir rencontrée, cette certitude absolue et complètement folle qu'ils étaient faits l'un pour l'autre, cette évidence-là; alors qu'elle n'était plus là, c'était si absurde, son corps et ses lèvres, il avait envie d'elle, même comme ça dans la rue, rien qu'en y pensant, c'était ridicule, si vite, *Aïssatou, si tu savais…*, lui dit-il comme si elle était là.

Procès jour 2

TENACE

– … Il est toujours difficile d'inculper un suspect qui refuse de parler, déclarait l'inspecteur Rozier, les deux mains en appui sur la barre.

Avant de commencer sa déposition, il était passé devant la cage vitrée où se trouvait l'accusé et n'avait pas eu un regard pour lui. Zakarya feignait de s'en accommoder. Ils faisaient tous comme Rozier, à parler de lui comme si Zakarya Benothmane n'était plus tout à fait Zakarya Benothmane, simplement quelqu'un qu'on aurait mal connu et dont il faudrait raconter la vie en justifiant sa fin. C'était assez étrange d'être témoin de leurs efforts pour mettre de l'ordre dans une existence si confuse. Parfois, il se surprenait même à comprendre leur embarras, presque gêné de leur donner tant de peine. Il avait manqué de temps pour rendre sa vie présentable.

Rozier était plus trapu et rondouillard que dans son souvenir. L'été dernier, pendant son interrogatoire, l'inspecteur avait l'air exténué et pressé d'en finir.

Comme s'il s'en foutait de la vérité, oui, vraiment, comme si c'était le cadet de ses soucis. À le voir ce jour-là à son procès, si posé, si sûr de lui, Zakarya comprit combien il s'était trompé. Forcément, c'était son kif, la vérité, son graal et sa raison d'exister. Alors quand elle se défilait ou qu'un abruti dans son genre refusait de la lui livrer bien ficelée, c'était pire qu'une insulte. Rozier s'était acharné à trouver des pourquoi et des comment pour construire coûte que coûte, patiemment, une bonne histoire qui serait à son image – convaincante et solide.

– … Le 5 juin – soit six semaines avant les faits – M. Benothmane est placé en garde à vue dans le cadre d'une enquête de trafic de stupéfiants. Il est soupçonné d'avoir conduit à plus de 200 kilomètres heure sur l'A77 entre Moulins et Nemours dans une Qashqai noire aux vitres fumées. Des véhicules de nos services ont tenté de le prendre en chasse, sans succès. Dans le rapport, il est noté que ce véhicule a mis plusieurs fois en danger la vie des autres conducteurs, provoquant même un accident, qui aurait pu faire des victimes. Durant sa garde à vue, M. Benothmane oppose un silence obstiné à toutes les questions qu'on lui pose, se bornant à répéter que ce n'est pas lui, qu'il s'entraînait pour le match, en forêt, si bien que personne ne peut vérifier ses affirmations.

» Quelques mois plus tard, il usera de la même méthode pour des faits plus graves qui ne nous empêchera pas cette fois de l'inculper pour le présenter à un juge. Mais j'anticipe…

» Revenons au 5 juin. À peine sorti de garde à vue, il

se précipite au BoxoumBis où il apprend que son rival, Paco Moreno, le remplacera lors du prochain combat. Djibril Doukouré baisse les bras. Depuis six mois, son jeune poulain ne cesse de lui faire faux bond, devenu – je le cite : *fuyant, instable, problématique*. Il décide de le sanctionner. Dans sa déposition, Djibril Doukouré note que M. Benothmane semble accepter la sanction, il dit même la comprendre, ne réagit pas puis se rend dans les vestiaires où il croise Paco Moreno. Quelques minutes plus tard, Zakarya explose, se jette sur Paco alors que ce dernier est de dos, et… le cogne. Les deux hommes se retrouvent à terre où on a toutes les peines du monde à les séparer. Zakarya hurle alors qu'il jure de le faire saigner – je cite : *jusqu'à ce que tu crèves, jusqu'à la dernière goutte, je le jure, sur le Coran, je te louperai pas.*

Dans le box des accusés, derrière la vitre, Zakarya s'est effondré, visage caché derrière ses mains, secouant la tête, tremblant de nervosité. Il le savait pourtant que c'était de cette manière-là qu'on raconterait l'histoire. Puisque tout l'accusait. Les murs autour de lui se sont mis à tanguer. Il ne pouvait pas écouter la suite, il ne voulait pas, il avait peur de craquer, de parler, et il ne fallait pas, *il faut pas, il faut pas…* Il marmonnait tout bas sa rengaine et ça le calmait, il continua, il fallait bien se bercer tout seul, *c'est pas moi, c'est pas moi, c'est pas moi qui ai fait ça…*

– Ça va aller ?

Il sursauta. Releva la tête et fixa son avocate sans la voir, reprenant doucement contact avec le monde réel. Il tenta de la rassurer des yeux. Elle au moins, elle respectait son choix, elle avait renoncé à comprendre. Depuis le jour où elle avait pris cette décision, il avait commencé à se détendre. Il ne serait pas le seul à plonger. Elle avait accepté d'échouer à ses côtés. L'idée le fit sourire.

Mais l'avocat général posait les premières questions à Rozier qui répondait avec cette même manière laconique et sa voix qui vibrait dans les graves.

– Monsieur le commissaire, Paco Moreno n'est pas au rendez-vous qu'il a lui-même fixé à Zakarya Benothmane, vers 21 heures. A-t-on une idée des causes de son retard ?

– Oui, en partie. Paco a fêté son admission au concours de la Solvay Business School avec sa mère et ses sœurs qui s'accordent à dire qu'il est parti vers 20 h 30, avec ses gants de boxe. Il est attendu chez Faustine, il la prévient par SMS qu'il ne sera pas là tout de suite, il passe au café L'Absinthe. Son portable borne au métro Stalingrad à 21 h 28.

– Est-ce qu'on a trouvé des traces de cambouis, de graisse, sur les doigts de la victime, ce qui tendrait à prouver qu'il a bien eu cette panne qui l'aurait effectivement retardé ?

– Non... et d'ailleurs si ça avait été le cas, il aurait sans doute envoyé un SMS bien avant 22 h 11... On a donc supposé que ce SMS n'avait pas été envoyé par Paco Moreno et qu'il l'avait été sans doute après sa mort.

– ... un SMS qu'aurait pu envoyer Zakarya Benothmane ?

– C'est notre hypothèse.

– On peut donc aussi imaginer qu'ils se seraient

parlé, et peut-être même affrontés sur le ring, comme pour solder leurs comptes, comme un dernier défi, et que ce combat aurait mal tourné. Que la mise en scène du rendez-vous manqué donnait l'occasion à Zakarya Benothmane de se fournir une sorte de grossier alibi...

Rozier hocha la tête.

– Effectivement.

– Je n'ai pas d'autres questions.

Le président se tourna du côté de Léonie.

– C'est donc au tour de la défense.

Léonie sourit, releva les manches de sa robe et s'approcha de l'inspecteur.

– Je vous remercie, monsieur le président.

– Monsieur l'inspecteur, je voudrais revenir à ce retard... Les deux jeunes hommes se sont fixé un rendez-vous à 21 heures. Et Paco Moreno fait un détour par L'Absinthe, c'est bien ça ?

– Oui.

– Avez-vous une idée de ce qu'il est allé faire là-bas ?

– Boire un verre, j'imagine... Ce café était le QG de leur petite bande.

– Vous n'avez pas posé la question à ceux de cette petite bande justement ? Au patron, aux serveurs qui étaient présents ?

– Non.

– C'est pourtant curieux de donner rendez-vous à quelqu'un et de se précipiter ailleurs, non ?

– Paco Moreno était connu pour ses retards. Et si quelque chose d'important avait eu lieu, l'un au moins de ceux qui étaient présents m'en aurait informé.

– Il est aussi fait mention dans le dossier d'une dispute

qui a éclaté dans ce café précisément l'avant-veille du meurtre entre la petite amie de Paco, Faustine, et une autre jeune fille de la bande, Zoé Roche. Une dispute si violente que le jeune patron – Mohammed Hasni – a dû les séparer... Savez-vous ce qu'elles se sont dit ?

– Non.

– Pourtant vous les avez auditionnées l'une et l'autre.

– Mon enquête s'est concentrée sur les raisons pour lesquelles le suspect pouvait en vouloir à la victime. Et elles ont surtout toutes deux fait mention de conflits répétés entre Paco et Zakarya.

– Certes. Mais il se peut aussi que la dispute concernait le départ prochain de Paco à Bruxelles... Ou une rivalité entre ces jeunes filles – ou n'importe quoi d'autre... – mais vous n'avez pas vérifié.

– Non, je ne l'ai pas fait, concéda l'inspecteur, exaspéré.

Léonie retourna à son pupitre pour y chercher un papier, manière de marquer un temps, pour reprendre son souffle avant la prochaine salve de questions.

– Vous avez eu connaissance d'une main courante déposée par Marc Rimbert, en avril 2017... ? Oui, évidemment, puisque c'est dans le dossier, pourtant ce n'est toujours pas dans votre compte rendu d'enquête.

Elle se tourna vers la cour.

– Marc Rimbert a été pendant quelques mois l'amant d'Ondine Moreno, la mère de la victime. Jusqu'au soir où Paco déboule dans la chambre de sa mère, extirpe le plaignant du lit, puis de la chambre avant de le jeter à la rue dans le plus simple appareil. Paco lance ensuite ses vêtements par la fenêtre, hurlant et le menaçant de... je cite : *te couper les couilles si jamais tu te pointes encore ici.*

» Ça fait beaucoup de conflits et de bagarres pour un jeune homme sans histoires, vous ne trouvez pas ?

Sans attendre la réponse, elle poursuivit :

– Le divorce des Moreno semble avoir beaucoup affecté Paco qui n'avait pas revu son père depuis deux ans. Quelques semaines avant le meurtre, Paco jette un homme à la rue, *complètement nu*, vous ne trouvez pas que c'est violent ?

– Paco a envoyé un SMS pour s'excuser le lendemain.

– Et vous avez trouvé ça suffisant. Vous avez interrogé Marc Rimbert pour savoir où il était le soir du crime ? ce qu'il faisait ?

– Cette affaire-là datait de plusieurs mois.

– Trois... exactement.

– Je ne vois pas où vous voulez en venir.

– À toutes ces questions qui sont restées sans réponse, monsieur l'inspecteur. Vous n'avez pas obtenu les aveux du prévenu qui clame haut et fort qu'il n'est pas l'auteur de ce crime. N'était-il pas de votre devoir de chercher d'autres éléments qui auraient pu vous conduire à une autre piste ? Paco Moreno avait peut-être lui aussi une certaine propension à la violence, aux conflits, en tous les cas, il suscitait pour le moins beaucoup – trop ? – de passion autour de lui. Ce crime comporte de nombreuses zones d'ombre que votre enquête a sciemment choisi d'ignorer...

– Les faits sont simples, tout accuse Zakarya Benothmane, maître, je n'y peux rien. Qu'il avoue ou pas les faits ne changeait pas grand-chose...

– Moi, il me reste beaucoup de questions. Assez pour ne pas interpréter le silence obstiné de M. Benothmane comme une forme d'aveu.

» Je vous remercie.

Maintenant Zakarya avait la tête qui tournait. C'était trop d'espoir d'un coup, trop de questions aussi. L'avocate avait ouvert des pistes farfelues auxquelles il ne croyait pas du tout. Il n'avait jamais douté du fait que la mort de Paco avait un lien avec lui… Mais la seule hypothèse qui tenait la route à ses yeux le conduisait dans une impasse. *Jamais une meuf n'aurait pu faire un truc pareil, aussi violent… un tel massacre. Et surtout pas cette petite crevette de Zoé Roche.*

Juin 2017
Villa Curial

À FLEUR DE PEAU

Yasmine n'en revenait pas. Il y avait bien une heure que Zakarya était enfermé dans la salle de bains, lui qui, il y avait quelques semaines encore n'y passait qu'en coup de vent. Une odeur de lavande et de vanille – c'était leur savon – se mêlait à des effluves inconnus, un genre de figue agrémenté de quelques notes plus épicées, du patchouli peut-être ou de l'encens… Se pouvait-il qu'il se soit acheté du parfum ? Et avec quel argent ? Elle rôdait autour de la salle d'eau comme un animal aux abois, se trouvait ridicule alors qu'à l'évidence tout allait *bien*, qu'il avait l'air *bien*, après tout, on était samedi soir, il était juste en train de se préparer pour aller à une fête. Sans doute. Peut-être même allait-il rejoindre une fille… mais qu'est-ce qui la troublait tant ?

Elle se sentit si bête.

Quand il finit par déverrouiller la porte, ce fut pour se précipiter dans sa chambre et y poursuivre ses interminables préparatifs. Elle eut la vague impression qu'il était en train d'opérer une sorte de métamorphose, qu'un autre que lui allait finir par apparaître une fois qu'il aurait eu fini d'engloutir son propre fils.

Dans la salle de bains, elle trouva un gros paquet de coton maculé de sang dans la poubelle, ses tubes de crème pour la peau en vrac, et du sang encore sur le carrelage. Son pouls s'accéléra. Elle essaya de se raisonner, mais il y avait aussi des traces dans la douche.

– Zakarya, qu'est-ce qui se passe ? cria-t-elle malgré elle.

Elle avait déjà la main sur la poignée de la porte de sa chambre qu'il avait pris soin de verrouiller.

– Zakarya !

– Mais y a rien, maman !

Il ouvrit.

– Qu'est-ce que t'as à flipper comme ça, y a rien, je te dis, regarde…

– Excuse-moi… je sais pas… j'ai imaginé…

Elle s'interrompit.

– Tu t'es rasé ? s'exclama-t-elle, ne pouvant réprimer un sourire. *Mon fils mon enfant mon amour, tu es si beau.*

Il leva les yeux au ciel.

– Maman, s'te plaît…

Il faisait des efforts surhumains pour ne pas s'énerver. La plaie sur son menton se remit à saigner.

– Attends, j'ai un truc parfait pour ça, annonça-t-elle fièrement.

Elle revint bientôt avec du coton hémostatique et un peu d'Homéoplasmine.

– Assieds-toi !

Il obéit, le visage bougon. Il se laissa choyer. Elle

prit soin de ne pas l'approcher trop près. Et s'interdit de poser la moindre question sur ce parfum entêtant qui envahissait la chambre. Sa peau était rougie par la lame du rasoir.

– Voilà.

– Merci.

Elle sortit pour qu'il finisse de se préparer. Fonça dans sa cuisine. Une fois qu'elle eut lavé trois fois l'évier, elle se fit un thé et passa au salon, mal assise sur une chaise, feuilletant un magazine qui datait de l'année passée.

Il finit par réapparaître, habillé de vêtements et de baskets neufs.

– Quoi ? lança-t-il, agressif.

– Rien, y a rien, ça te va bien, c'est tout...

Il jeta un œil à son portable. Il était encore trop tôt pour sortir. À sa grande surprise, il demanda à boire un thé qu'elle s'empressa de lui servir. Une odeur de menthe flottait maintenant entre eux, se mélangeant à toutes les autres, et c'était vaguement écœurant.

– Tu vas où ? lança-t-elle sur un ton anodin, en même temps qu'elle pensait *T'es amoureux ?*

Il avala une gorgée, gardant les yeux rivés sur sa tasse.

– Y a une grosse teuf chez les Bertin...

Elle le regardait en s'efforçant de rester le plus neutre possible. Elle ne connaissait pas les Bertin mais la moindre question prendrait des allures d'interrogatoire dont il se saisirait pour l'accuser de se mêler de *tout*, de vouloir *tout* savoir, de l'étouffer. Et de quitter l'appartement sur-le-champ en claquant la porte.

– Les Bertin, précisa-t-il comme si elle avait parlé,

c'est les parents de Gabriel, tu sais, un pote du BBis… Je les ai vus deux, trois fois, ils sont hyper cool, franchement…

Il s'animait. Il y avait longtemps qu'elle n'avait pas pris le temps de le regarder. Son visage avait retrouvé cette spontanéité gourmande que leur arrivée à Paris semblait avoir éteinte. Mais il y avait autre chose de plus troublant. Zakarya avait parfois des allures de son père, une façon de porter la main à ses cheveux pour les dégager du visage, de se tenir assis en penchant légèrement sur le côté gauche, jusqu'à cette manière de parler, toujours un peu fébrile, qui donnait aux mots une texture particulière. Comment avait-elle fait pour ne jamais s'en rendre compte ? Elle n'entendait plus ce que disait son fils, ne cherchait plus dans ses traits que l'homme qu'elle avait aimé, qu'elle avait haï, qui l'avait trahie, violentée, qu'elle avait fui pour ne pas crever.

– … ils ont un appart de ouf qui donne sur les Buttes-Chaumont avec deux terrasses ! Chaque année avant l'été, ils font une… Maman ? Pourquoi tu fais cette tête ?

– Quelle tête ?

– Ben cette tête, quoi, celle-là, cette tête-là, t'es toute blanche… On dirait que t'as croisé un mort !

Elle déglutit. Avala trop vite une gorgée de thé qui lui brûla la langue.

– Tu sais bien que…, bafouilla-t-elle, ben oui, tu sais quand même, les groupes, les bandes, ça me fait… je déteste…

Elle avait pensé que l'allusion au passé suffirait à le faire reculer. Mais ce fut l'inverse qui se produisit.

– Comment ça tu détestes les groupes ? C'est quoi cette phrase, qu'est-ce que ça veut dire ? Et le rapport avec ce que je te raconte, une fête, l'été, des gens heureux ?

Elle détourna les yeux. Haussa les épaules. Marmonna une réponse incompréhensible. Elle fut écrasée par un vide immense, sentit sa gorge se nouer, avec cette impression fugace de *les* entendre rire à gorge déployée, là, dans son salon, au plaisir de la voir enfin *détruite. Jetée au fond de l'étang.*

– Et toi, reprit-il aussitôt, tu vas chez Maïté ?

Elle croisa son regard, suppliant, affolé. *Ton fils est là, il est toujours là, il ne t'abandonne pas et tu es vivante.*

– Non, répondit-elle d'une voix qui ne tremblait pas, Maïté, ce week-end, elle reçoit ses frères ; ils fêtent un anniversaire, je sais plus lequel…

Il posa sa tasse brusquement, faillit renverser la théière.

– En même temps, c'est normal, quoi, que les gens se voient, chez les autres, je veux dire… parce que chez nous…

– Ne t'inquiète pas pour moi, l'interrompit-elle.

Il explosa.

– Mais si je m'inquiète… du matin au soir, je m'inquiète… et toi c'est pire ! Tu t'inquiètes comme si j'allais tout le temps mourir, tu trouves ça normal ? On n'est pas comme les autres, maman. Les autres… Tu penses qu'à toi, tu parles toute seule, tu sais ça, que tu parles à tes fantômes ? Tu t'en rends même pas compte, t'es flippante, grave flippante…

Se pouvait-il qu'à force de se taire il ait tout oublié ? Elle ouvrit la bouche, il avait déjà quitté la pièce.

– Vas-y, Zakarya, amuse-toi bien. Je t'attends.

Il rit, d'un rire un peu faux, hésita puis revint sur ses pas et l'embrassa sur le front.

– À demain, oumi, bonne soirée.

Il partit sans claquer la porte. Laissant derrière lui cette horrible odeur trop sucrée. Elle retourna à son fauteuil et se força à boire le thé jusqu'à ce qu'il ne reste plus la moindre goutte.

Été 2017
Paris XIXe

IVRESSES DE LA GALÈRE

Zakarya n'avait pas revu Aïssatou. Il avait espéré naïvement la croiser dans la rue, à cette fête. Mais elle n'était nulle part. Il avait même essayé de lui faire passer un message par l'intermédiaire de Faustine. Elle avait promis de le faire, il ne savait rien de plus, craignait de lui en reparler, se faisait discret, ne voulait pas qu'on se doute, c'était son secret, *leur* secret. Depuis cette nuit avec elle à l'hôpital, il se réveillait la nuit, en sueur, les bras croisés autour de ses propres épaules, serrant contre lui le fantôme d'un enfant qu'il tentait de rattraper. Il pleurait sans comprendre pourquoi. Séchait ses larmes, fermait les yeux et murmurait son prénom comme pour s'assurer qu'elle existait pour de vrai. Des gars étaient venus au club poser des questions à Djibril sur Sékou, sur Zakarya aussi, auxquelles avaient succédé des menaces *amicales*, ce que le coach lui avait répété, pour l'avertir, *fais gaffe, ces mecs-là sont dangereux, Zak, justement parce qu'ils sont bêtes à bouffer du foin.* Supposer qu'ils étaient prisonniers, elle et Sékou, quelque part dans ces tours, sans doute enfermés avec Assane, l'empêchait de respirer comme avant. Sans jamais rien en dire à personne, il s'était glissé dans la tour B7 de la villa Curial, errant dans les étages en vain. Il l'avait guettée le jour d'après, la semaine suivante, à heures fixes, et puis au hasard de ses passages trop fréquents. Alors seulement il s'était résolu à poser des questions, sur ce frère qui les retenait prisonniers. Il eut confirmation de ce qu'il soupçonnait déjà. Cet Assane était taré. À 13 ans, il avait fait six mois dans un centre éducatif fermé et en était sorti encore plus incontrôlable qu'avant. Mais sa violence avait pris son véritable envol à la mort de son père l'année passée. On disait aussi qu'il s'était branché avec les plus radicalisés du quartier. D'aucuns racontaient même qu'il était fiché S. Zakarya ne pouvait pas en rester là, avec ce vide au creux du ventre. C'était devenu une obsession. Il devait la revoir. Lui parler. La tenir dans ses bras.

Cette soirée chez les Bertin avait tourné au fiasco. Quand il avait enfin admis qu'elle ne viendrait pas, il s'était tiré, suivi par Ousmane et Zoé.

– Arrête de faire cette gueule, mec, t'es vraiment trop relou!

– Lâche-moi..., répondit-il à Ousmane.

Ils marchaient un peu trop vite, descendant sur Jaurès et Stalingrad à cette heure où on ne rencontre plus dans les rues que les amoureux de la nuit. Zoé peinait à les suivre.

– On a rendez-vous ou quoi? Parce que moi je suis en train de faire un footing...

– Excuse…, marmonna Zakarya mollement, se forçant à ralentir le pas.

Ousmane reprit, de sa voix monocorde et toujours légèrement ironique :

– Si on s'était pas tirés, tu foutais tout en l'air. Des cris, des hurlements, des coups, et tout ça pour quoi… ?

Zakarya savait qu'il avait raison. Il n'aurait pas dû répondre aux provocations de Paco. Mais ce type avait l'art de le piquer pile là où ça faisait le plus mal. Au moment où il avait admis qu'Aïssatou ne viendrait pas, Paco s'était pointé avec ses questions à la con.

– … en fait, Paco, il est raciste.

– Il est raciste juste parce que ça te met hors de toi. Avec moi, il fait autrement.

– Il fait quoi ?

Ousmane hésitait à lui livrer son point faible.

– Il me prend pour un raté.

– Un raté ? répéta Zakarya, éberlué.

– Oui, un loser, quoi, un baltringue, un pauvre type.

La voix était restée monocorde, mais ces mots-là continuaient à œuvrer dans l'ombre comme du sel sur une plaie à vif. Ils s'étaient remis à marcher à toute allure. Zoé renonça à suivre leur rythme, se contentant de trottiner derrière eux. Son portable n'arrêtait pas de vibrer. Momo avait envie de les rejoindre. Ousmane cherchait à lui remettre les idées en place.

– C'est toi que Djibril a choisi, mec, c'est à tes futures victoires que les gens ont trinqué… Qu'est-ce que tu veux de plus ? Qu'il te suce ?

Zoé gloussa. Elle rattrapa son retard, se mettant du côté de Zakarya, le frôlant de temps à autre, comme si de rien n'était, comme dans un rêve, comme si elle titubait un peu. À chaque fois, il sentait son sein rond rebondir sur son bras. Il avait compris qu'elle le faisait exprès, et ça le mettait en vrac. Ce n'était pas elle dont il voulait, pas elle dont il rêvait.

– Tu réponds rien ? T'es passé où, tu t'en fous ? s'exclama Ousmane.

– Non, mon pote, excuse-moi, j'ai les pensées qui roulent toutes seules, ça va trop vite, tu sais… ça t'arrive jamais ? Moi, c'est tout le temps, en fait… je… je sais pas quoi répondre, t'as raison, OK, faut que je me calme, que je l'oublie…

Ousmane siffla longuement.

– Waouh ! Putain ! Mais alors, en fait, tu sais parler ?

Zakarya rit. Il aurait été incapable d'expliquer pourquoi, mais avec Ousmane, ça finissait toujours par une pirouette, comme si rien n'était jamais grave, comme si c'était possible de voir le monde de loin, de rester en dehors, pour ne pas se brûler, se salir…

– Toi, t'es un réflexif ! lâcha-t-il subitement.

– Un quoi ? s'amusa Ousmane.

– Ouais, t'as tout dans la tête, quoi, pas sentir, rien sentir pour de *vrai* ! Jamais ton cœur qui bat, ou trop fort, ou trop vite, ou qui bat mal. C'est bizarre, en fait, comme si tu étais gelé de l'intérieur…

C'était hyper violent. Il s'en rendit compte au silence qui suivit ses paroles. D'où ça lui venait des phrases pareilles ? Ils continuaient à marcher au pas de course. Zakarya jetait des coups d'œil inquiets à Ousmane. Il ne voulait pas le blesser. Surtout pas. C'était son seul pote, plus que ça… sa bonne étoile.

Ce fut Zoé qui rompit le silence :

– Momo voudrait nous rejoindre… je lui dis quoi ? Vous faites quoi ?

– Momo…, marmonna Ousmane en écho, avec une mine ennuyée.

– Ben ouais, plaida Zoé, il était pas invité chez Gabriel, c'est le seul de la bande, ils font toujours comme s'il existait que derrière le comptoir de L'Absinthe. Pour se faire payer des coups, par contre, ou avoir la meilleure place, franchement, ils…

– Nan mais moi je vais rentrer, en fait je suis KO, l'interrompit Ousmane.

Il n'avait vraiment pas l'air content. Zakarya ne savait plus comment rattraper le coup.

– Tu t'es inscrit au week-end à la mer ?

– Quel truc ?

– Le truc de l'asso, dans la baie de Somme. C'est Djibril qui nous en a parlé. Il a dit…

– Ouais, je sais, ça a lieu chaque année. J'y suis déjà allé… j'sais pas, pt-être…

– Moi j'y vais, lança Zoé qui avait rangé son portable.

– Et Momo ? demanda quand même Zakarya qui se sentait soudain coupable de tout, et même du fait qu'il était totalement indifférent à la présence ou à l'absence de Momo.

– Nan, je crois pas… il doit bosser tout le temps, ce week-end-là aussi…

– Moi, j'y vais en tout cas, déclara Zakarya.

– En fait, on y sera tous, insista Zoé.

Ousmane leur jeta un regard sombre.

– Ça va pas ? tenta Zakarya.

– Je suis KO, je vous laisse…

Zakarya dansait d'un pied sur l'autre. Il s'en voulait tellement. Il aurait voulu lui parler, comprendre avec lui pourquoi et comment cette discussion avait si vite tourné à l'aigre.

Et si cette nuit-là, c'était avec Ousmane que tu étais resté? Et si tu étais rentré avec ta mère? Et si tu avais passé outre les silences d'Aïssatou...?

Le fait est qu'Ousmane tourna les talons et que Zakarya resta avec Zoé.

Elle avait glissé sa main dans la sienne, tout en parlant de sa voix guillerette de tout de rien comme un oiseau qui gazouille. De temps à autre, elle riait, il n'écoutait rien, laissait sa main dans la sienne, laissait leurs corps se frôler, s'éloigner et s'approcher encore, elle finit par se taire, se collant ostensiblement contre lui, alors il lâcha sa main et la glissa sur son épaule. Elle se remit à rire, un gloussement satisfait, gorgé de promesses.

C'est elle qui s'arrêta brusquement de marcher. Se planta devant lui, les yeux fermés, visage offert. Il se pencha vers elle pour l'embrasser, doucement, lentement, mais elle n'avait nulle envie de douceur. Elle avait une langue pointue, audacieuse, qui provoqua un frisson de désir violent.

– On va où? demanda-t-elle dès que leurs bouches s'éloignèrent l'une de l'autre.

Comment ça, on va où? Il était pris de panique. Où voulait-elle qu'ils aillent? Il déglutit, sa bouche était sèche, il avait envie d'elle.

– Je sais pas... en tous les cas, chez moi c'est pas possible.

Elle rétorqua, moqueuse.

– Je me doute bien, c'est pas à un bon lit douillet que je pensais…

Il faillit la planter là, sur le trottoir, il se vit courant comme un dératé, fuyant à toutes jambes. Il savait qu'il aurait dû la prendre par la main, l'entraîner dans un coin sombre, un sous-sol, baisser sa culotte et y aller, il le savait, c'était comme ça qu'on traitait les filles dans les pornos qu'ils se passaient en boucle avec ses potes à Crimée, c'était ce qu'elle voulait, ça qu'elle demandait, il y arrivait pas, rien à faire, il pouvait pas faire ça, et voilà qu'elle se collait à nouveau contre lui, et que sa queue se dressait malgré lui, et sa bouche ouverte, humide qui découvrait de petites dents pointues, dans laquelle il allait fourrer sa langue, se frottant contre elle, glissant sa main sous son pull, la sentant se tendre, sa peau, ses cuisses s'enrouler contre lui

Et soudain, elle s'écarta.

– Tu pourrais tirer une caisse ? On irait faire un tour…

Il n'écoutait pas Cherchait à la ramener contre lui, elle refusa.

– T'as pas les couilles de le faire ?

– Quoi ?

Il la regardait sans comprendre. Mais qu'est-ce qu'elle lui voulait ? Il fit un pas en arrière, n'avait plus la force de fuir, *c'est elle et c'est maintenant,* c'étaient les seuls mots qui parvenaient encore à se faire un chemin, il entendit sa voix qui l'entraînait, qui demandait, qui suggérait, qui posait ses conditions.

– C'est pour ça que t'es tombé, non ?

Il ne répondit pas. Balaya du regard les caisses qui étaient garées autour d'eux.

– Attends-moi là !

Il en avait repéré une. C'était plus fort que lui. C'était son cerveau qui enregistrait les données, ça se faisait tout seul, au passage quand il marchait dans la rue, *celle-là ce serait possible, et la rouge il suffirait de,* à peine vues, il les oubliait, ou du moins c'était ce qu'il avait cru jusqu'à présent. Il tourna rue de l'Ourcq. La vieille Scénic grise y était encore.

Zoé n'avait pas bougé. Le bout de sa cigarette brillait dans la nuit. Elle avait le cou tendu vers l'avant, fouillant les rues des yeux. Peut-être qu'elle avait cru qu'il s'était barré. La pensée lui vint qu'elle faisait ça souvent, comme d'autres se taillent la peau, comme lui faisait avec les objets qu'il volait. Il se dit qu'ils étaient de la même espèce. Ce qu'on est capable de faire pour pas devenir fou.

Il s'arrêta à sa hauteur, elle poussa un cri surexcité, joyeuse comme à Noël, bondit dans la voiture.

– Putain, j'y crois pas, t'es trop fort !

C'était comme un shoot, il était chaud bouillant, glissa sa main entre ses cuisses.

– Alors ? Je t'emmène où ?

Elle posa ses mains sur le tableau de bord tambourina dessus de toutes ses forces.

– Fonce !

Il obéit. Appuya sur l'accélérateur. La bagnole avait du répondant. Il fila en direction du périph. Il prit l'autoroute à la porte de Bagnolet. Ils étaient presque seuls, à l'horizon derrière les barres d'immeubles et les hangars, le ciel devenait doucement violet.

Il aurait aimé la dénuder dans l'herbe au soleil

couchant. Faire l'amour pour la première fois en sentant l'odeur de la terre monter avec la nuit, il en avait rêvé, sous le grand saule, au bord du lac de Pannecière, là où ils allaient l'été pour se baigner, *le plus bel endroit du monde*, c'était comme une promesse qu'il s'était faite petit, que c'était là que les choses importantes auraient lieu. Là et nulle part ailleurs.

Zoé avait le nez plongé dans son portable. Elle avait déjà posté deux ou trois selfies. Il apparaissait sur l'un d'entre eux, les yeux rivés sur la route, les traits tendus. Il avait l'air sinistre et déterminé. Il aurait pu tout aussi bien foncer droit dans un mur.

Ils finirent par sortir un peu après Aulnay-sous-Bois. Zoé s'impatientait. Elle avait ouvert la braguette de son pantalon, et trouvé le moyen de saisir son sexe entre ses doigts experts. Il n'arrivait plus à se concentrer sur la route. Se gara entre deux camionnettes dans une zone commerciale encore complètement vide à cette heure-là. À peine eut-il arrêté le moteur qu'elle se pencha vers lui pour le sucer. C'était trop. Trop tout de suite. Il jouit sans retenue, sans rien contrôler.

– T'es vraiment dégueulasse, dit-elle en se redressant, une étincelle de victoire amusée dans les yeux.

Elle en voulait encore.

Il proposa de passer à l'arrière. La vérité, c'était qu'il était mort de trouille. Il sentait bien qu'il s'affolait, incapable de cacher sa maladresse. Chaque geste qu'elle faisait, c'était comme un manquement à lui, elle s'agaçait de tout, finit par dégager elle-même les seins de son soutien-gorge. Ils étaient magnifiques, il approcha sa bouche, les goûta fugacement, mais déjà elle enlevait sa culotte, s'accroupit sur lui, à califourchon, elle s'agita sous ses yeux. Pas longtemps. Il jouit à nouveau trop vite.

Cette fois, elle ne lui fit pas la grâce d'un sourire. Le toisa pendant qu'elle se rhabillait.

– Heureusement que je prends la pilule.

Il bredouilla des mots d'excuse.

Elle était déjà devant alors qu'il remontait son froc comme il pouvait.

– Tu te magnes ? Faut que je sois à 8 heures au foyer.

Il ne savait même pas qu'elle vivait en foyer. Il se garda de lui poser des questions. Roula pied au plancher avec une seule idée en tête. Remettre la Scénic à sa place. Ni vu ni connu. Personne n'en saurait rien.

Il allait pouvoir reprendre le droit chemin.

Elle s'endormit en route. Elle avait l'air si menue. Si perdue. Tellement fragile. Il aurait bien voulu apprendre à la tenir dans ses bras.

Le jour se levait sur un ciel sans nuages. Il allait sans doute faire encore très chaud. Il n'avait pas sommeil, se sentait incapable de rentrer chez lui. Presque plus de tabac, à peine de quoi se rouler une clope et la perspective de retrouver sa mère pour un petit déj du dimanche. Après, il pourrait passer au club. C'était encore le meilleur moyen de tuer le temps quand il se sentait si mal. Il avait trop bu, bouffé n'importe quoi, le coach allait lui prendre la tête. Il préférait comme ça, quand il était furieux, qu'il lui en demandait trop, ça le prenait tout entier, de l'entendre battre la mesure. Une tranche pour le saut à la corde, une autre pour les pompes, une bonne heure de course, et quelques sermons en prime, il n'avait pas encore trouvé mieux pour se vider la tête.

C'est pire depuis que tu l'as rencontrée.

Il décida d'aller traîner autour de la villa Curial. À cette heure-là, un calme étrange régnait encore sur les lieux. Il espérait la voir apparaître, à l'endroit exact où il avait vu Sékou et son vélo, c'était complètement crétin mais il revenait chaque jour, espérant trouver le moyen de la contacter malgré tout. Il savait qu'il prenait le risque de la mettre en danger. Il avait envisagé le problème dans tous les sens. Il aurait mieux valu qu'il laisse tomber. Mais c'était plus puissant qu'une drogue. Dès qu'il prenait la décision de ne plus y penser, la seconde suivante, il se précipitait en bas de la tour où il imaginait qu'elle vivait. Caché dans un coin et fumant clope sur clope.

Aïssatou marchait vite, fonçant vers l'endroit où il s'était planqué, tête baissée, le corps recouvert d'un hidjab gris clair. Elle s'arrêta à quelques mètres de lui. Debout devant un mur et dans un angle mort. N'étant sans doute plus visible par ceux qui la surveillaient. Il avala sa salive, prêt à hurler du bonheur de la voir. Elle aussi le dévorait des yeux, porta un doigt à ses lèvres, le sommant de se taire et de ne pas bouger. Il obéit.

Elle dégagea lentement son visage du voile qui la recouvrait. Garda les yeux baissés tandis qu'elle lui montrait ce qu'elle cachait sans doute depuis toutes ces semaines durant lesquelles il l'avait cherchée.

Elle avait été rouée de coups.

Elle secoua la tête. Elle disait non. *Non* ne t'approche pas. *Non* ne m'oublie pas. *Non* rien n'est possible. *Non* je ne peux plus continuer comme ça.

Et puis elle disparut.

Janvier 2019
BoxoumBis

MIGRAINES

Djibril Doukouré s'était juré de commencer la nouvelle année en rouvrant son club. Le 2 janvier – six mois après les faits – il annonçait l'événement sur Facebook. Il contacta les journalistes qui lui répondirent tous dans l'heure qui suivit. Les commerçants du quartier étaient passés régulièrement sur le chantier pour l'encourager et lui prêter main-forte. Il avait fallu procéder au nettoyage des lieux. Tout désinfecter. Abattre des murs et en reconstruire d'autres. Tout repeindre du sol au plafond. Et repenser l'agencement des salles. La veille, il installa les tables, accrocha des lampions, tapissa les murs des posters qu'il avait fait imprimer. Tout était prêt. Il n'en éprouva aucun plaisir.

Il ouvrit le dimanche de 10 heures à 18 heures et le BoxoumBis ne désemplit pas. Des curieux, des fidèles, des engagés, des vicelards, des nouveaux… Ils le remerciaient tous et vantaient son courage. Ça tapait dans sa tête.

Est-ce qu'ils allaient revenir? Ces six derniers mois, de temps à autre, il avait eu de leurs nouvelles. Toujours de loin comme si à s'approcher il risquait de se laisser déborder par les tonnes de questions qui restaient en suspens. Djibril avait imaginé n'avoir aucune envie de les revoir. Il se rendit compte qu'il n'attendait qu'une chose, les voir apparaître.

La première à errer toute seule d'une salle à l'autre, les yeux vides, ce fut Zoé. Les autres suivirent. Gabriel, Erwan, Sarah, Momo, Faustine et même Amalia, la sœur de Paco. Ils restaient ensemble, se serraient les uns contre les autres, formant une ronde d'amitié qui lui nouait le bide.

Il ne leur demanda rien. Ne les remercia pas d'être venus. Il se tint à distance et ça leur suffit à eux comme à lui. Un peu plus tard, il procéda à la visite des lieux rénovés. Leur expliquant ses choix. Volubile à dessein. Assez fier malgré tout de cette nouvelle salle, qui surplombait l'ensemble et qui pourrait servir de cafétéria. Ils s'accordèrent pour dire qu'il avait eu raison, c'était la seule chose qui manquait *avant*, un coin pour se retrouver entre deux heures de cours.

Enfin, il fut accaparé ailleurs. Un adjoint à la mairie vint en personne pour l'assurer du soutien des élus. Djibril ne lui demanda pas où ils étaient passés ces six derniers mois. Il se contenta de sourire en répondant chaleureusement à sa poignée de main virile.

C'est alors qu'il remarqua Zoé virevoltant entre les groupes comme un papillon de nuit affolé. Et un peu en retrait, Momo qui ne la quittait pas des yeux. L'instant d'après, elle était devant lui.

– Vous avez vu Ousmane ? demanda-t-elle, abrupte.

Il fit signe que non.

– L'enfoiré… il avait promis…

Et elle repartit aussitôt. Elle avait les yeux rouges et les lèvres tremblantes. Il aperçut un peu plus loin, à l'écart du monde, Faustine assise à même le sol, les genoux relevés et la tête plongée dans ses bras. C'était l'image même du chagrin, elle lui vrilla le crâne. Zoé se glissa près d'elle, posa la main sur sa tête avec tendresse. Puis elle se mit à parler à toute allure. Faustine la repoussa, d'un geste. Elle préférait qu'elle se taise, mais l'autre insista, approchant même encore sa tête un peu plus près de la sienne.

Alors Faustine hurla :

– Fous-moi la paix, Zoé, t'entends, lâche-moi !

Zoé se redressa, le visage décomposé. Elle fila à toute vitesse, traversant la salle comme prise de vertige. Djibril lui apporta un verre d'eau qu'elle but d'une traite.

– C'est parce que j'ai peur pour elle, murmura-t-elle en guise d'explication. Elle est si mal, si mal, on est tous si mal depuis…

Elle s'interrompit brusquement. Se retourna, affolée.

– Momo ?

Il n'était pas loin, il la prit dans ses bras, enveloppant comme un vieux blouson d'hiver contre lequel elle avait l'habitude de se blottir. Djibril pensa qu'elle avait bien de la chance d'avoir trouvé quelqu'un comme lui qui savait la retenir de tomber.

– On y va maintenant ? demanda-t-il doucement.

– Prends bien soin d'elle, recommanda Djibril.

Gabriel et Sarah les suivirent de près, venant le saluer, à leur manière toujours polie, sur la réserve, un peu trop lisse à son goût mais tellement reposante. Amalia ne perdait pas une miette de ce qui se passait, les dévorant des yeux avec une haine qu'elle ne prenait pas la peine de cacher. Elle faisait presque peur. Il essaya de lui sourire de loin. Elle aussi. Et ils évitèrent de se recroiser.

Ousmane apparut en dernier, bien après la tombée de la nuit alors que tous les autres étaient déjà partis. Il avait sans doute attendu son heure, celle entre chien et loup, préférant comme à son habitude les mots en demi-teinte et les émotions sous contrôle.

Djibril lui tendit une bière. Ils s'assirent dans les poufs orange qui sentaient encore le neuf.

– J'en peux plus de cette odeur de peinture, lança Djibril.

Il ne voulait surtout pas lui avouer qu'il tenait à peine debout. Depuis l'été dernier, il déclenchait régulièrement des migraines ophtalmiques. Les médecins avaient d'abord affirmé que ça lui passerait, une fois que son corps aurait encaissé le choc. Le mal n'avait fait qu'empirer. En revanche, ils étaient tous d'accord pour constater la violence de ses crises, leur durée inhabituelle et leur totale impuissance à soulager sa souffrance. Une tache lumineuse venait de se former devant ses yeux comme s'il avait trop longtemps regardé le soleil. Le visage d'Ousmane disparaissait parfois derrière les points lumineux qui éclataient sous sa rétine comme des feux d'artifice, se répandant en ondes fulgurantes à l'intérieur de son cerveau et jusque dans sa nuque.

– C'est vrai que ça prend la tête…

Ousmane l'avait toujours désarçonné. Ils avaient presque fini leur bière et ne s'étaient pas dit un mot.

– Je sais pas si je vais y arriver…, finit par bafouiller Djibril et il en fut le premier surpris.

Il eut l'impression que c'était la première fois qu'il osait faire part de ses doutes à voix haute.

Ousmane hocha la tête.

– Je comprends. Ça fait grave bizarre d'être ici.

Sa voix faisait de drôles d'échos dans son crâne. Les sons prenaient consistance sous ses yeux comme des balles de base-ball, dures, cherchant leur cible.

Bizarre ?

– T'as des nouvelles de Zakarya ?

La question lui avait échappé. Elle avait fait son chemin, toute seule, depuis des mois sans doute, impossible à poser, le rongeant à son insu, comme une maladie honteuse. Zakarya lui manquait. C'est avec lui en tête d'affiche qu'il aurait voulu rouvrir son club.

Ousmane avait juste haussé un sourcil, le reste du corps était resté totalement figé.

– Non. Aucune. Pourquoi j'en aurais ? demanda-t-il d'une voix atone.

Djibril se redressa.

– Comment ça, pourquoi ? C'était ton pote ou pas ? Quand même… je sais pas… on peut pas… juste…

Ousmane le fixait de son œil sans vie. Il donnait l'impression de reculer de trois pas chaque fois que quelqu'un se mettait à hausser la voix.

– Tu lui as jamais fait signe depuis ?

Ousmane secoua la tête.

– Non. C'est qu'un connard aussi…, finit-il par balancer, bravache.

Djibril n'en revenait pas.

– Comment ça, un connard ? Qu'est-ce que tu caches, Ousmane, à quoi tu joues ?

– J'ai l'air de jouer, là, franchement ? T'es ouf ou quoi ?

Djibril se leva, il manquait d'air, ça tapait plus fort que jamais dans sa tête.

– Et si c'était pas lui ? lança-t-il soudain.

Ousmane haussa les épaules, avec mépris.

– Bien sûr que c'est pas lui !

– Mais qu'est-ce que tu racontes, mec ? hurla Djibril. Comment t'es sûr de ça ? Pourquoi tu l'as pas dit ? Pourquoi t'es jamais venu, pourquoi tu vas pas le voir à la zonze ?

Ousmane le fusilla du regard.

– De quoi tu m'accuses, en fait ? De pas t'avoir dit quoi ? Je pensais que toi aussi, t'étais sûr… Comment tu peux imaginer… tu le connais ou pas ? T'es pire qu'un traître, en fait !

Djibril se retint de lui balancer son poing dans la gueule. Ils se taisaient l'un et l'autre, n'osaient plus se regarder en face. Et soudain – alors que Djibril s'apprêtait à le foutre à la porte – Ousmane se mit à parler d'une traite, les yeux rivés au sol :

– Mon père, il y est pour quinze ans. Je vais le voir depuis toujours. En fait, j'ai pas de souvenirs avec lui dehors… alors rien que l'idée d'y aller pour Zak, je peux pas… tu comprends ? Zakarya, quand je l'ai vu, je me suis dit qu'il était pas comme nous, qu'il avait pas la même histoire… ça m'a donné comme une bouffée d'espoir… Comment lui, il a pu se retrouver dans ce merdier ? Ça me fait flipper grave… je peux pas y aller, Djibril, je peux pas... j'ai l'impression que je vais y rester, que c'est écrit quelque part, que je pourrai pas y couper...

– Arrête! Ça existe pas le destin, je vous l'ai dit cent fois, tu te souviens? Tu devrais revenir au club, mec, ça te ferait du bien.

Mais Ousmane coupa court. Il se leva brusquement, le salua sans le regarder, et promit de revenir avant l'été. Ils savaient tous les deux qu'il mentait.

Une fois qu'il fut sorti, le silence écrasa Djibril en même temps que le froid. Il enfonça sa tête entre ses mains. *Et si c'était pas lui?*

Le lendemain, il se débrouilla pour trouver le numéro de son avocate. Elle sembla surprise par son appel et ses questions. Et comme il insistait pour le voir, elle s'exclama:

– Mais qu'est-ce qui vous prend? Ça fait plus de six mois que tout le monde l'enfonce...

– Et si c'était pas lui?

– L'enquête est bouclée. Tout l'accuse. Et comme il refuse de parler...

– Oui mais si moi je...

– Il ne veut même plus que sa mère vienne le voir...

L'argument le fit taire.

Mais curieusement, il ne fit que le convaincre qu'il avait raison de douter.

– Mais qu'est-ce que je peux faire, alors?

Léonie Colancelle répondit aussitôt:

– Vous accepteriez de témoigner au procès?

Il marqua un temps.

– Évidemment...

Il raccrocha. Ouvrit grand les fenêtres. Et se mit à respirer à pleins poumons. Six mois pour admettre l'évidence. Zakarya n'avait pas pu faire ça.

Automne 2017
Villa Curial

SES GRANDS YEUX NOIRS

Zakarya avait pris l'habitude de passer par la villa Curial pour se rendre au Bois. Un petit détour qu'il ne faisait jamais sans l'espoir de retrouver Aïssatou là où il l'avait aperçue la dernière fois. Ça faisait presque six mois et ça ne le lâchait pas, il était toujours aussi fébrile dès qu'il s'approchait du bout de béton sur lequel elle s'était adossée. Il s'imaginait parlant avec son ombre, lui murmurant des mots d'amour, persuadé qu'elle saurait, qu'elle ne pouvait pas ne pas savoir qu'il continuait à l'attendre, qu'il la cherchait partout, qu'il ne pensait qu'à elle.

Un beau matin, elle fut à nouveau là, rasant les murs, le corps entièrement recouvert d'un jilbab bleu nuit, la tête aussi, jusqu'à ses mains glissées dans des gants, quasi méconnaissable. Mais c'était bien elle, se tenant exactement au même endroit, fixant fugitivement Zakarya sans retenue, *est-ce que tu m'aimes toujours?* lui demandèrent ses yeux et elle baissa la tête pour se cacher encore. Il fit un pas vers elle, incrédule. Il hésita un peu. Il n'osait s'approcher, Assane la surveillait peut-être. Elle ne vit que son hésitation. Ses paupières se baissèrent à nouveau et quand elle les souleva, elle avait tourné la tête et regardait ailleurs. Il eut l'impression qu'elle l'avait fusillé. Si elle le rejetait comme ça, vite fait, sans un mot, si elle ne croyait pas en lui, ne lui faisait pas confiance, il ne s'en remettrait jamais.

C'est alors qu'il aperçut Sékou qui se disputait avec Ibrahim pour le vélo.

– Sékou ? s'exclama-t-il, d'une voix trop enjouée. Il est passé où ton plâtre ? Comment je fais pour signer ?

L'enfant se figea, laissant sans s'en rendre compte le vélo à son frère. Il osa un petit sourire et lâcha, la bouche pleine de tristesse :

– Ça fait longtemps que je l'ai plus...

– Je sais bien, Sékou, je t'ai beaucoup cherché, tu m'as manqué, lui dit-il. *Vous* m'avez beaucoup manqué tous les deux, je *vous* ai cherchés partout.

Aïssatou était tout près, à quelques pas seulement, et elle gardait la tête tournée vers la droite, l'évitant maintenant avec plus d'ostentation encore. À la lisière de son foulard, il reconnut le dessin étrange du lobe de son oreille dont la ligne était comme un frisson à la surface de l'eau. Son cœur bondit dans sa poitrine.

L'enfant leva la tête vers sa sœur.

– Je peux y aller ? marmonna-t-il, furieux.

Elle ne répondit rien, fixant des yeux le petit bonhomme de toute sa hauteur, menaçante et fragile, *est-ce que je peux te faire confiance ?* Sékou soutint son regard et finit par cracher :

– Mais tu me prends pour qui ?

Sur quoi, il fila, entraînant Ibrahim avec lui, pour aller jouer plus loin.

– Assane lui a interdit de te parler, lui dit-elle brusquement en guise d'explication, continuant de regarder ailleurs.

Il comprit à quel point elle avait pris des risques. La bouche sèche, il cherchait quoi lui dire, butait sur la première syllabe... cette impression de tenir un oiseau affolé dans la paume de ses mains.

– Aïssatou...

Sa voix ne portait pas, c'était insupportable.

– Je n'y croyais plus.

Elle pencha la tête sur le côté, offrant sa nuque à son regard.

– Aïssatou..., répéta-t-il, parvenant cette fois à lui faire partager un peu de l'émotion qu'il avait à la retrouver.

Elle recula d'un pas.

– Zakarya...

Leva les yeux vers lui. Des yeux pleins de rage contenue.

– Je n'ai pas le droit, c'est impossible.

– Je sais... mais si tu... on pourrait essayer. Dis-moi où... n'importe où, j'y serai.

Un vague sourire apparut sur ses lèvres en même temps qu'elle secouait la tête pour refuser.

– Je sais pas...

– J'attendrai.

– OK ! répondit-elle dans un souffle.

Et tourna les talons, s'engouffra dans le hall de son immeuble avec le petit Sékou qui lui fit un signe de la main. La gorge de Zakarya se serra à l'idée que ce gosse avait accepté pour sa sœur de braver la peur des représailles.

Il pensa parler avec Assane. Renonça. Assane était taré. Il n'hésiterait pas à faire disparaître Aïssatou, à la soumettre, à l'abîmer, à la détruire, ils ne pourraient jamais se revoir. Zakarya, dans sa rage impuissante alla jusqu'à songer à le supprimer. Seule la crainte qu'Aïssatou cessât d'aimer l'assassin de son frère stoppa ses projets. Le plus réaliste, la seule chose *vraiment* envisageable, c'était qu'elle s'enfuie et cette décision-là dépendait d'elle et d'elle seule. Il se persuada qu'il saurait la convaincre.

Au début, ils se virent dans la rue.

Certains jours de la semaine, Assane la laissait sortir pour aller faire des courses. Ils se donnaient rendez-vous. Parfois elle n'y était pas. Mais quand elle apparaissait, Zakarya se mettait à la suivre, elle se retournait de temps à autre pour s'assurer qu'il était encore là. Leurs regards se croisaient et il avait l'impression de la tenir quelques secondes tout entière contre lui. Une fois quitté les abords de la villa Curial, Zakarya accélérait le pas pour la dépasser en courant, l'attendait au bout de la rue pour le plaisir de la voir approcher, confuse, brûlante, ralentissant le pas quand elle passait à sa hauteur pour filer à nouveau vers leur cachette. Ils avaient trouvé un banc dans le jardin de la maison de retraite de la porte des Lilas. Pour une raison étrange, personne ne semblait y remarquer leur présence. Là, ils eurent un peu de temps pour eux.

Elle mit un moment à lui raconter ce qui s'était passé, pourquoi elle avait disparu du jour au lendemain. Elle le fit par bribes comme si elle avait honte. Après l'été, leur mère était restée au pays. Il n'arriva pas à savoir pourquoi. Était-elle tombée malade, s'était-elle remariée, avait-elle trouvé un travail là-bas... ? Il cherchait des excuses à cette mère absente, espérait qu'elle reviendrait en France pour empêcher ce qui était en train de se produire. Assane était devenu le chef de famille. Il rapportait assez d'argent pour nourrir la fratrie. Ils étaient tous habillés de neuf, portaient les marques à la mode et les baskets dernier cri que leur enviaient tous leurs camarades de classe. Il fallait bien quelqu'un pour s'occuper des enfants. Aïssatou n'allait plus au lycée.

– Au début, j'ai cru qu'il allait me marier... Mais il a encore besoin de moi pour les petits.

Le cœur de Zakarya battit un peu plus fort. Il attendit le rendez-vous suivant et bafouilla qu'il voulait bien l'épouser, juste comme ça, si elle voulait... si ça pouvait lui rendre service.

– Toi ?

Elle le dévisagea, les yeux ronds, plissa le nez, si bien que pendant un instant, il crut qu'elle pesait le pour et le contre.

– Il ne voudra jamais, murmura-t-elle.

Une larme roula sur sa joue. C'est la seule fois où il la vit pleurer.

Il fit bientôt trop froid pour rester si longtemps dans le jardin de la porte des Lilas. Ils commencèrent à se retrouver la nuit. Zakarya patientait dehors, saisissant l'occasion d'entrer dans son immeuble. Dans la cage d'escalier, sous le lino légèrement décollé du quatrième étage, elle lui laissait un papier vert ou rouge. Parfois il attendait longtemps pour la tenir contre lui juste quelques instants. Ils se parlaient peu, craignaient qu'on ne les entende, se jetaient l'un sur l'autre comme des affamés, gagnant en audace à chacune de leurs furtives étreintes. Il apprit à la regarder d'abord avec ses mains, il aurait pu, pensait-il quand il se retrouvait seul, dessiner dans l'air et du bout des doigts la forme de son épaule, le creux de sa hanche, et bientôt la rondeur de son sein gauche. Il rêvait de toucher sa peau nue qu'il ne pouvait que deviner au travers des vêtements qu'elle portait.

Malgré leurs précautions, ils furent surpris une nuit par un insomniaque habitant au cinquième. Il ne prêta heureusement aucune attention aux deux ombres blotties l'une contre l'autre dans le renfoncement de l'ascenseur. Il allait falloir trouver autre chose.

Pour commencer, il lui donna un vieux téléphone portable, lui montra celui qui lui serait exclusivement réservé. Ce serait quand même plus simple pour se donner rendez-vous.

– Où est-ce que tu as eu ça ? demanda-t-elle, amusée.

Il ne répondit rien.

– J'aime pas quand tu fais cette tête-là, poursuivit-elle en tenant son visage dans la paume de sa main.

Il ne voulait pas qu'elle sache d'où lui venait son argent, où il allait ces jours et ces nuits quand il disparaissait sans donner ses raisons, surtout quand il avait passé des heures en garde à vue. Ses questions le rendaient nerveux. Ça la faisait rire. Un rire désabusé qui lui glaçait le sang.

C'est elle qui trouva un lieu tranquille dont ils firent leur repaire. Une voisine lui avait confié les clefs de son appartement pour qu'elle arrose ses plantes et nourrisse son chat. Cette femme s'absentait souvent et sur de longues périodes. Elle payait même pour qu'Aïssatou tienne compagnie à son animal. C'était un bel appartement, aménagé avec soin, presque trop beau pour eux. Les premières fois, ils restèrent loin l'un de l'autre, à tester le moelleux des fauteuils et à ouvrir les placards, osant à peine se frôler. Dans la chambre, le lit était immense et le canapé du salon leur semblait ouvert à tous les vents. Ils se parlaient beaucoup et ça les rendait tristes. L'avenir ne leur offrait aucune perspective, à elle encore moins qu'à lui.

– Un jour, Assane, il s'en ira, lança-t-elle une fois, mâchoires serrées.

– Même toi, tu ne crois pas ce que tu dis.

Elle posa ses doigts sur ses lèvres pour le faire taire. Mais cette fois, il insista :

– J'ai appelé le 3919 pour demander conseil, et j'ai le numéro de l'assistante sociale du secteur... on pourrait vous aider... je veux dire... vous êtes pas obligés de... et toi surtout, tu peux pas tout abandonner, ta vie, ta liberté...

Elle le repoussa sèchement.

– Mais pour qui tu me prends ? Tu crois que je n'y ai pas pensé... que je supporte ça parce que je suis faible, soumise, et même que ça me fait plaisir ? Si je m'enfuis, c'est aux petits qu'il s'en prendra, il me l'a juré et il le fera. Il est pas question que j'envoie Sékou ou mes sœurs dans des familles d'accueil... Plutôt crever...

– Excuse-moi, je pensais pas que...

Elle s'approcha, tout près.

– Promets-moi de ne jamais rien faire qui nous mette en danger.

– Mais qu'est-ce que tu racontes ? Tu me fais pas confiance ?

– Promets...

– Je te le jure, c'est bon comme ça, tu me crois ?

Elle hocha la tête. Il la serra contre lui, plus ému qu'il ne l'aurait voulu. Avec cette impression étrange de s'être engagé pour de vrai et de peser soudain ce que pèse la décision d'un homme. Il l'embrassa et c'était mieux qu'en rêve, chaque parcelle de sa peau, ses joues, ses lèvres, ses paupières et le sel de ses larmes.

Il ferma les yeux. Et lâcha entre ses dents :

– Je ne te mérite pas.

Elle rit. Haussa les épaules et lui mordit la nuque presque jusqu'au sang. Il cria de surprise, tenta de se dégager, elle faisait mal, elle le faisait rire, ils chahutaient comme deux enfants, elle était forte et ne lâchait pas prise, ils roulèrent sur le sol, riant, essoufflés. Il voulut l'entraîner dans la chambre. Elle préféra rester dans le salon.

– Par terre, t'es sûre ? il murmura aussi embarrassé qu'elle.

Il avait l'impression de comprendre pourquoi elle préférait comme ça. *Le faire* sans y accorder trop d'importance.

Elle hocha la tête pour dire oui. Il se pencha pour l'embrasser.

Février 2019
Prison Bonne-Nouvelle

DROIT DE VISITE

Yasmine se rendait chaque semaine à la prison, qu'elle puisse le voir ou pas. Et jusqu'au tout dernier moment, jusqu'au tout dernier portique de sécurité, parfois même devant la dernière porte fermée – alors qu'elle avait traversé Paris, roulé une heure en train et marché jusqu'à la prison qui se trouvait heureusement au cœur de la ville – ces barrages qu'elle passait l'un après l'autre, qu'elle avait appris à effectuer tête baissée, les yeux rivés à ses chaussures, le corps recouvert de pulls trop grands, de pantalons informes, sans maquillage et les cheveux attachés, livrée comme Zakarya au bon vouloir d'un surveillant qui pouvait annuler le parloir comme ça, sous n'importe quel prétexte – parce que le portique avait sonné, pour une paire de clefs oubliée dans une poche, parce qu'elle avait refusé d'enlever son soutien-gorge devant les gardiens avant de passer les contrôles, parce que la serviette de bain était un peu trop longue ou trop large, parce que le jogging qu'elle lui apportait n'était pas en coton – et qu'après ça, il fallait attendre avec les autres visiteurs, tous entassés dans une salle aux murs crasseux, avec d'autres femmes, des mères, des sœurs, des enfants tout petits, gris, résignés, apeurés, excités – jusqu'au dernier moment donc, la dernière seconde, elle ne savait pas si elle pourrait le retrouver, s'asseoir en face de lui, le prendre dans ses bras furtivement, sentir cette odeur de moisi de pourri de rance, s'écarter et continuer de sourire.

Il arrivait de plus en plus souvent que Zakarya refuse de la voir.

Il avait appris comment se passaient les contrôles, les humiliations qu'on lui faisait subir. Puisqu'ils avaient tous les pouvoirs, ces putains de surveillants.

Yasmine avait tenu bon. Elle revenait. Quoi qu'ils fassent, quoi que son fils dise. Tous les samedis, elle se tenait prête, avec les vêtements propres de son fils dans un sac de sport, son cœur brisé et les questions qu'elle avait préparées pour faire vivre la petite heure qu'ils passeraient ensemble.

Tu as besoin de savon ? de pâte dentifrice ? Tu as encore de l'argent pour cantiner ? Et dans ta cellule, ça se passe comment avec les autres ? Tu sais pourquoi ils sont là ? Et le nouveau, ça y est, il s'est mis à dormir ? Elle est venue, alors, Mme Colancelle, OK, oui, elle m'a dit que tu avais pris dix jours de trou, bien sûr que j'étais là samedi dernier, je suis restée devant la grande porte, il y a un petit banc en pierre de l'autre côté de la rue, je me suis assise et j'ai pensé à toi, fort, le plus fort possible…

Où voulais-tu que j'aille ?

Il y a que quand je te vois que je respire un peu.

Ne me demande pas ça, Zakarya, je peux pas, ma vie c'est ici tant que tu y es, le reste…

Félicité t'a fait un dessin, et Maïté des sucreries mais on me les a prises au passage. Léonie Colancelle va demander la liste officielle de ce qui est autorisé… Je l'aime bien, cette femme, elles me font du bien, ses colères.

Il dépérissait.

Il la regardait d'un œil morne. Parlait de moins en moins. Parfois semblait ne même plus l'entendre. L'avocate aussi s'en était alarmée. Elle avait appelé Yasmine début janvier pour l'alerter. Son fils refusait d'aller en promenade, il mangeait peu, avait demandé des cachets pour dormir… On lui avait imposé une visite médicale à laquelle il s'était rendu de mauvaise grâce, toujours à refuser de prononcer un mot…

– … comme si parler risquait de le détruire. Franchement, madame Benothmane, je ne vous cache pas que c'est inquiétant. Il faudrait demander l'expertise d'un psychiatre… mais je ne suis même pas sûre que ça serve à grand-chose. Il est tellement buté. Il n'y a que vous qui puissiez le convaincre…

– Mais de quoi… je… dois le convaincre ? avait-elle demandé.

Léonie Colancelle avait marqué un temps. Un brin désarçonnée. Sa voix d'ordinaire si claire, si professionnelle, s'était soudain faite hésitante.

– Je sais pas… madame Benothmane… de vivre, de se battre, d'y croire…

Zakarya lui faisait peur. Il leur faisait peur à tous. Suicide… Le mot était dans toutes les têtes.

Calmement, Yasmine avait promis d'essayer de le raisonner. De faire tout son possible. Ce n'est qu'en raccrochant qu'elle s'était écroulée, hurlant sans un cri, totalement impuissante, qu'est-ce qu'elle allait lui dire, comment lui parler, le convaincre de quoi, elle le croyait, elle l'avait toujours cru, de ça, de ce meurtre sauvage, son fils n'était pas capable, et après ?

Comme si parler risquait de le détruire.

Elle ne savait pas l'avocate qu'il y a des choses qu'on ne peut pas dire, qu'on ne *doit pas dire,* qu'il y a des souvenirs qu'on refoule, elle ne pourrait jamais le comprendre, elle était trop belle trop jeune trop forte, comment aurait-elle pu soupçonner de quelle noirceur les étangs sont capables, à quelle opacité ils nous obligent.

et malgré tout survivre, fuir et sauver Zakarya.

croire encore et toujours, ailleurs, demain, pour lui, qu'au moins elle ait réussi ça, l'épargner, le sauver, avec la même détermination qu'elle avait eue à le mettre au monde, seule, attendant les secours qui n'arrivaient pas, seule, chez elle, de ses propres mains, seule saisissant le bébé par les épaules, l'extirpant de son ventre, en hurlant de douleur, déchirée, ouverte, déchiquetée, le prenant tout contre elle, et lui les yeux fermés, remplissant ses poumons, d'air, de vie, hurlant et glissant gluant pleurant, crapahutant sur son ventre, trouvant son sein pour se mettre à téter.

La vie à l'état brut.

Après ça, ce cadeau-là, elle s'était juré d'être à la hauteur. Alors elle tiendrait. Elle n'avait pas le choix. À ses côtés. Jusqu'au bout.

Ne reviens pas.

Le samedi précédent, il était arrivé en traînant les pieds, les yeux creusés, s'était affalé sur sa chaise, avait posé les yeux sur elle comme il aurait regardé une tache sur un mur. Elle avait préféré ignorer la catastrophe – c'était comme un réflexe, toujours, face à tout ce qui pouvait l'atteindre, elle commençait par mettre ça de côté, *même pas mal* –, s'était jetée sur les mots, comblant le vide, ce silence têtu, abyssal, et finalement s'était soudain interrompue, *je suis contente de te voir.*

– *Ne reviens plus.*

– Qu'est-ce que tu dis ?

– …

– Qu'est-ce que TU AS DIT, ZAKARYA ? Qu'est-ce que tu ME demandes ? Mais pour qui tu te prends, espèce de petit con ? Tu crois vraiment que tu as ce pouvoir-là, m'empêcher de venir te voir, moi ta mère, et te laisser t'enfoncer sans rien faire ?

Il s'était redressé sur son siège.

Surpris par le volume de sa voix, l'ampleur de sa colère, essuyant nerveusement les paumes de ses mains sur son jean crasseux, grattant les poils de sa barbe de quinze jours avec ses ongles noirs.

– Mais regarde-toi, mon fils, comment t'as pu devenir ça, cette chose-là sans volonté sans dignité, et je m'en fous que tu souffres et que ce soit injuste, tu entends, je m'en fous qu'on t'interdise de faire du sport que ta cellule soit insalubre que les codétenus soient des tarés des paumés des ordures, je veux que tu me regardes quand tu entres ici, que tu écoutes quand je te parle, je veux que tu vives, tu comprends ça, je peux pas vivre sinon, je peux plus...

Sa voix s'était brisée.

– Arrête, maman, s'il te plaît, avait-il supplié.

C'était la première fois depuis des mois qu'il réagissait *pour de vrai*, des larmes plein les yeux.

– Je peux pas, avait-il bredouillé.

– Tu peux pas quoi ?

– ...

– Pourquoi tu parles pas, pourquoi tu dis pas... ?

– Dire quoi ?

– ... *la vérité ?* T'étais où, avec qui ? Tu faisais quoi ? À moi, tu peux le dire, je t'en supplie, ne fous pas ta vie en l'air... raconte, fais-moi confiance...

Il s'était écroulé, avait son visage dans ses mains. Mais toujours sans un bruit.

Brusquement, il avait craché :

– C'est toi qui me demandes ça ! Pourquoi je parle pas ? Et toi, pourquoi t'as jamais dit, pourquoi tu veux jamais qu'on raconte, ce qui s'est passé à Brinay, pourquoi on est partis, hein, pourquoi on s'est enfuis ? HEIN ? POURQUOI ?

Elle avait soutenu son regard mais quelques secondes seulement.

Parce que ça ne sert à rien mon enfant mon amour, parce qu'il ne faut pas que tu saches, parce que ça me détruirait de parler, et pire ça te rendrait trop malheureux, je ne peux pas, je ne veux pas, je n'ai pas le droit.

– Il y a des plaies qu'il ne faut pas rouvrir.

C'est tout ce qu'elle avait pu dire. D'une voix tremblante et les yeux baissés. Il avait gémi, un cri d'espoir déçu, rentré, d'une douleur qui le rongeait aussi. *Peut-être qu'elle se trompait.*

– Il avait promis de te reconnaître. Avant que tu naisses, il était content pour de vrai, de joie, et il l'a jamais fait.

– Et ?

– Et quoi ? C'est tout.

Elle avait hésité. Les mots lui arrachaient la bouche.

– J'ai cru que... il pouvait entrer dans des fureurs terribles, ça le rendait violent de nous voir, de te voir... Il avait peur de toi, que tu réclames quelque chose, que tu demandes... je sais pas... ta part... son nom... Même s'il avait promis... Cette nuit-là, avant qu'on parte, il est devenu dangereux. J'ai juré de ne jamais revenir. Et j'ai tiré un trait.

C'était pas grand-chose finalement qu'il ne savait déjà.

– Pourquoi tu voulais jamais en parler ?

– J'avais peur que tu veuilles le revoir... de sa violence...

Elle gardait les yeux baissés. Il avait insisté :

– ... de *ma* violence à moi, aussi?

Elle avait hoché la tête, gênée. Et s'était penchée vers lui.

– Mais c'est de toi, Zakarya, qu'il faut s'occuper ! Jure-moi que...

– Je te jure que je suis pas comme lui, oumi, moi...

Il l'avait regardée intensément.

– ... je veux tenir mes promesses.

Mais qu'est-ce que tu racontes, qu'est-ce que tu ne dis pas, à qui tu as promis

Il était l'heure de partir. Le surveillant était venu deux fois déjà les avertir. Il avait fallu le quitter.

– À samedi prochain.

– Ne reviens plus.

– Je serai là.

Quand il apprit que Djibril était venu la voir pour lui dire qu'il avait décidé de témoigner au procès, quand il entendit que son coach était persuadé que ce n'était pas lui, et qu'il criait désormais à qui voulait l'entendre que c'était son intuition qu'il aurait dû écouter depuis le début, parce qu'on la lui faisait pas, à lui, Djibril Doukouré, quand elle lui raconta qu'il s'était excusé, venu jusque chez elle avec des fleurs, Zakarya son fils resta immobile, plus immobile que la pierre, la fixant sans ciller, incrédule, mais elle continua de parler sans s'arrêter, fière et gorgée d'espoir, en rajoutant un peu, sur les remords du coach, sur sa détermination, ses excuses, du miel qu'elle faisait avaler à Zakarya son fils, goutte après goutte, parce qu'elle savait comment on réchauffe les corps meurtris jusqu'à ce que le sang recommence à circuler, jusqu'à ce que la vie recommence à faire mal parce qu'elle avait cette connaissance-là, le temps qu'il lui fallait pour que les mots fassent leur chemin, parler jusqu'à l'étouffer, comme elle l'étouffait de baisers et d'amour quand elle avait encore le droit de le prendre dans ses bras.

Il manquait d'air. Elle voyait bien à quel point.

– Arrête, maman, arrête, s'te plaît…

Mais il souriait.

Elle sourit aussi.

Il se jeta dans ses bras. À ses pieds. À ses genoux, pleurant comme un enfant.

Là... là..., ça va aller maintenant, tu vas voir ça va aller je te promets mon bébé mon enfant mon amour, calme-toi c'est fini je te promets je te jure tu vas y arriver je le sais moi que tu es quelqu'un de bien je le sais que tu n'es pas coupable et je ne suis plus la seule mon fils je ne suis plus la seule à te croire.

Quand elle quitta le parloir, au moment de se séparer, elle dit :

– Ne te présente plus jamais avec cette barbe devant moi ! Et débrouille-toi pour te laver.

Il éclata de rire.

C'est avec le rire de son fils qu'elle quitta la prison ce jour-là.

Procès jour 3

L'EXPERT ET L'ACCUSÉ

Les tests avaient révélé une intelligence moyenne, déclara l'expert en guise de préambule. Le jeune homme était capable d'analyse et révélait même un bon accès à l'abstraction, l'échec de sa scolarité s'expliquant par son incapacité à contrôler ses émotions, une propension à céder à ses pulsions qui le rendait réfractaire à toute forme d'autorité. Cette soumission à un agir impérieux l'empêchait d'élaborer une pensée sur ses affects, entraînant un déni de ses propres actes, une carence d'empathie et l'impossibilité d'accéder à la culpabilité. Zakarya Benothmane pouvait tout promettre, il était incapable de se tenir à ce qu'il avait pourtant juré la main sur le cœur, n'ayant pas assez de ressources intérieures pour supporter le manque, la perte et la frustration. Il était à craindre que quelle que soit la peine qui serait prononcée l'accusé crierait à l'injustice et à la trahison.

Le Dr Boissier avait un débit rapide et s'exprimait sur un ton efficace. Tout indiquait qu'il n'était pas homme à perdre son temps en suppositions inutiles. Son élégant costume en flanelle grise le rendait plus crédible encore, entrant subtilement en harmonie avec ses mots savants dont il détachait légèrement chaque syllabe. Si bien que même si on ne comprenait pas tout ce qu'il disait – il parlait si vite, jonglait avec les concepts comme ces violonistes prodiges avec leur archet –, on ne pouvait que se laisser porter par le flot de ces mots qui s'enchaînaient avec tant d'aisance.

Léonie Colancelle se demandait ce que les jurés garderaient de ce fatras de spécialiste. Elle-même finissait par se dire qu'elle s'était peut-être fait berner par un manipulateur hors pair. Cette idée la déstabilisait terriblement. Il faut dire qu'il avait fallu aussi encaisser le compte rendu du légiste, les descriptions terribles des coups qui avaient été portés à Paco Moreno. *Un véritable acharnement.*

Même si on ne leur avait pas montré les photos de la victime, les images que les jurés s'en étaient faites étaient terribles. *Ce qu'il avait fallu de haine pour en arriver à un tel carnage.* Les sanglots de la famille avaient accentué un peu plus encore le sentiment d'horreur. C'était toujours un moment terrible quand on vous obligeait, même virtuellement, à entrer sur la scène du crime, pour constater les effets d'une violence dont les mots peinaient à rendre compte. Zakarya avait écouté attentivement, le visage crispé, la longue description qui avait été faite des blessures de Paco. Parfois, on pouvait imaginer qu'il souffrait, mais la plupart du temps il donnait plutôt le sentiment – elle l'admettait enfin – de s'ennuyer comme les cancres au fond des classes, avec la même indifférence hautaine, parti loin dans un coin de lui-même où plus rien ne pouvait l'atteindre.

Léonie Colancelle jeta un œil vers lui. Il avait la même attitude que la veille, un peu plus absent encore. Elle se tourna vers sa mère comme on appelle au secours. Et Yasmine Benothmane, à l'inverse, rouge, le visage défait, semblait faire des efforts surhumains pour ne pas intervenir à nouveau. Quant à Djibril Doukouré, assis à côté d'elle, il secouait la tête, marmonnant pour lui-même des commentaires furieux à l'encontre du spécialiste qui paradait à la barre.

Aussi étrange que cela puisse paraître, elle en fut rassurée. Non, elle n'était pas folle, ou alors elle n'était pas la seule à l'être.

L'expert en avait fini. La cour avait maintenant de nombreuses questions pour l'accusé. On s'apprêtait à l'interroger à nouveau. Ses réponses risquaient d'être décisives. Léonie avait un mauvais pressentiment qu'elle tentait de chasser en toussant bêtement comme si elle avait un chat dans la gorge.

– La cour aimerait vous entendre sur vos relations avec la victime, commença le président.

– Qu'est-ce que vous voulez savoir ?

Il ne s'était pas levé pour répondre. Avachi sur sa chaise, les jambes allongées devant lui comme sur une chaise de bar, il n'avait même pas daigné lever les yeux vers le président qui vit rouge.

– Vous connaissez les règles, monsieur Benothmane ! le tança-t-il vertement. Levez-vous pour vous adresser à la cour !

Lentement, très lentement, Zakarya replia ses jambes puis se décida à se mettre debout en restant loin derrière le micro. Le gendarme soudain sur le qui-vive s'approcha de lui *allez, fais pas le con...* Léonie ne bougea pas d'un cil, soupçonnant que la moindre intervention de sa part ne ferait qu'aggraver la situation.

– Je répète ma question: quelles étaient vos relations avec la victime?

Zakarya, imitant parfaitement le ton de la voix du président, rétorqua:

– *Je répète ma question*: qu'est-ce que vous voulez savoir?

Mais le président en avait vu d'autres. Il garda son calme.

– Je vous en prie, monsieur Benothmane, c'est important pour nous de vous entendre en parler avec vos mots à vous...

Léonie Colancelle se dit qu'elle n'aurait pas fait mieux.

Zakarya ricana, dansant d'un pied sur l'autre, si longtemps qu'elle pensa qu'il allait finir par se rasseoir sans qu'on ait pu lui arracher un mot. Mais ce fut exactement l'inverse qui se produisit. Et à l'instant où il ouvrit la bouche, elle vit la catastrophe se profiler.

– Vous voyez cette voix-là, que vous avez, toute gentille, en fait ça m'insulte! Vous me prenez pour un con, un raté, un taré...

Les mots se bousculaient dans sa bouche.

– ... mais ce que moi je dis depuis le début qu'on m'a arrêté, tout le monde s'en fout! Votre idée sur moi, elle est déjà faite, tout ce que vous racontez sur moi, sur ma vie, vous le tordez de travers pour que ça rentre dans votre histoire que vous avez construite, et que ça aille avec la mort de Paco. Alors, quoi? La violence, OK, la violence... et après la violence? Oui, je suis violent, je suis voleur, j'ai roulé sans permis, j'ai dealé, j'ai hurlé sur mes profs, j'ai fugué, j'ai même menacé ma mère une fois, je l'ai collée contre un mur, et j'aurais pu l'étrangler… ça vous plaît, ça, hein, c'est la preuve comme il a dit votre expert que je suis immature et que je sais pas me contrôler. Voilà, vous voyez, encore un exemple pour cocher sur vos bouts de papier, dans la colonne, *il est coupable*!

Le président leva la main, faisant mine de l'interrompre.

– Vous préférez que je ferme ma gueule?

Il renonça.

– Non, non, poursuivez… mais n'oubliez pas ma question!

Les jurés ne purent retenir un sourire légèrement ironique qui acheva de mettre le feu aux poudres. Il hurla:

– Deux minutes, OK? Vous les avez OU PAS?

Sa colère lui déformait les traits et fut du plus mauvais effet. Les visages s'assombrirent.

– Votre psy, il a parlé d'échec scolaire… mais j'ai eu mon CAP paysagiste, j'ai trouvé un patron pour mon stage qui m'a embauché après, même qu'il voulait que je passe mon bac pro… Vous trouvez que c'est un échec, ça? Et que je serais passé pro dans la boxe s'il y avait pas eu tout ça, ça aussi, vous trouvez que ça demande pas des efforts? Pour vous c'est rien alors, de la merde, hein, les gars comme moi, un Arabe des cités, ça peut pas «réussir», hein, ça va à la mosquée et ça tue son prochain, c'est ça que vous vous racontez?

– Ça suffit, monsieur Benothmane, je ne peux pas vous laisser insulter la cour.

Léonie en profita aussitôt.

– Monsieur le président, permettez-moi de souligner que les propos de mon client – maladroits, je vous le concède – sont le fruit d'une instruction qui n'a fait qu'attendre ses aveux comme si les attaques sur sa personne et son parcours allaient finir par le faire craquer.

– Elle a raison, Mme Colancelle, vous voulez ma peau, eh ben, vous savez quoi ? Je vous la donne sur un plateau, prenez-la, et foutez-moi en taule pour le temps que vous voulez. Ça changera rien que je parle ou que je me taise, je l'ai compris le jour où les flics m'ont arrêté ! Je vous le dis encore une fois : je l'ai pas tué, c'est pas moi, pas moi pas moi et c'est tout. J'ai rien d'autre à dire. C'est plus la peine de me poser des questions !

Il se rassit, baissant ostensiblement la tête, le regard rivé au sol.

– Je note que vous avez refusé de répondre à la cour. Cette attitude ne jouera pas en votre faveur, pas plus que vos colères et ce sentiment d'injustice que vous clamez haut et fort. Ils sont plutôt de nature, ne vous en déplaise, à jouer en votre défaveur.

Il avait beau parler calmement de sa voix grave et posée, Léonie sentit qu'il était déstabilisé. Elle se tourna vers Zakarya qui tremblait encore de colère.

Le président Delausne farfouillait dans ses papiers.

– J'appelle le témoin suivant à la barre. Il s'agit, je crois, dit-il en se tournant vers la greffière, de Mlle Zoé Roche.

Zakarya releva la tête, décontenancé. Il avait sursauté, et voilà qu'il pâlissait à vue d'œil, blême et se grattant le visage nerveusement, il se tordit les doigts en les faisant craquer un à un. Jamais Léonie ne l'avait vu dans un état pareil.

Juin 2017
Vallée de la Somme

FEUX DE CAMP/JEUX DE MAINS

Zoé avait failli rater l'heure du départ du bus.

Elle en aurait crevé s'ils étaient partis sans elle/à cause d'elle, de ce foutu réveil qu'elle avait fait sonner si tôt, 4 heures et s'était rendormie, réveillée en sursaut, le temps de rien, juste attrapé sa trousse de maquillage, de quoi se changer le lendemain, oublié son maillot de bain/crop top brillant et short à franges, et elle avait couru comme une dingue, dévalant Simon-Bolivar, Jaurès, Flandres jusqu'à apercevoir le bus, à bout de souffle, rouge et transpirant comme un veau. Elle n'était même pas la dernière, Djibril attendait toujours les retardataires *par principe*. Il avait jeté un œil sceptique sur son autorisation de sortie, un papier chiffonné qui traînait au fond de son sac et qu'elle avait signé elle-même vu que les éducateurs étaient contre/estimaient qu'elle ne méritait pas un week-end à la mer, rien qu'une écervelée qui tenait pas parole, tout zappé, psy, mission locale, école de la seconde chance, ne revenant au foyer que pour prendre ses sous, les narguer, tout promettre et disparaître à nouveau. *C'est toi que tu zappes, tu le sais, ça?*

Dans le bus, la place à côté de Paco était libre/ l'avait vue de loin, se précipita, mais elle était déjà réservée à Gabriel, OK, Emma était avec Sarah, Zakarya qui de toute façon l'ignorait depuis l'autre nuit s'était assis au milieu des juniors, il avait une gamine de 7 ans sur ses genoux et un gamin de 10 sur le siège d'à côté. Faire comme si elle s'en foutait/se jeter sur n'importe quel siège/faire la gueule comme si ce qu'elle voulait surtout, c'est qu'on lui foute la paix. Et soudain Leïla que Martin venait de larguer, aussi contente qu'elle de *pas* se retrouver avec personne.

Le conducteur du bus alluma le moteur.

Les mamans sautillaient sur le trottoir, chacune cherchant son enfant malgré les vitres teintées, les yeux plissés, secouant la main dans le vide, tandis que leurs petits faisaient tous semblant de les avoir oubliées, criant déjà un peu trop fort, surexcités, c'était exactement ça que tout le monde adorait dans ces week-ends organisés par Djibril, se retrouver ensemble/mélangés, maintenant Zoé souriait, agitait la main elle aussi, tout au plaisir idiot de dire au revoir comme eux.

Le bus s'était mis à rouler.

On n'était pas encore sur l'autoroute qu'ils allaient et venaient d'une place à l'autre, malgré Djibril qui le leur interdisait, les menaçant mollement de sanctions, souriant trop pour être crédible. Zakarya, justement, s'approchait d'elles peu à peu, échangeant quelques mots, d'abord avec Paco, puis avec Emma, Zoé se dit qu'il ne l'avait jamais vue sans maquillage, qu'elle devait avoir une tête à faire peur. Non, elle ne se trompait pas, c'était vers elle qu'il venait, elle le trouvait si beau.

– Finalement Ousmane, il est pas venu ? demanda-t-il sans autre préambule.

– Ben non, c'est con, j'ai pas compris pourquoi, comme ça, l'autre fois...

Elle planta ses yeux dans les siens et ça le fit rougir. Ça marchait chaque fois, avec lui plus encore qu'avec les autres.

– Il s'est passé quoi ? demanda Leïla.

– Justement, on sait pas, on sortait de la fête chez Gaby... tous les trois...

Ça fit marrer Leïla.

– *Trois, c'est un de trop*. Surtout qu'Ousmane, il te kiffe, non ?

– N'importe quoi !

– Vous avez pas été ensemble ?

– Mais noooon...

Elle l'avait dit trop fort et en se tortillant sur son siège. Si bien que tous les deux, ils imaginèrent le contraire. C'était plaisant de se dire qu'Ousmane n'était pas venu à cause d'elle.

– Et Aïssatou ? demanda soudain Zakarya.

Il regardait par la fenêtre.

– Quoi Aïssatou ?

– Elle devait pas venir avec son frère, ce gosse-là... je sais plus comment il s'appelle ?

– Ah nan, mais eux..., commença Leïla.

Paco s'approchait à son tour. Ils étaient une dizaine au moins debout dans le couloir du bus. Djibril se mit à hurler.

– Putain, vous allez tous vous asseoir, ou on rentre *illico*.

Cette fois, tout le monde obéit.

– Eux quoi ? insista Zakarya malgré tout.

– Ils finissent jamais l'année... et ils reviennent bien après la rentrée, à cause des billets moins chers. Ils passent toujours l'été au Cameroun...

– Zakarya... ? Faut que je te le dise comment ?

Djibril était maintenant tout près. Zoé ne quittait pas Zakarya des yeux. Il la regardait aussi, *intensément*, il pensait forcément à *eux deux*.

– Allez, dégage, lui dit-elle en gloussant, il faut qu'on se prépare.

Il recula pour aller se vautrer dans un fauteuil non loin du sien, et se mit à fixer la route, happé par ses pensées. Il avait l'air si triste. Leïla se leva pour rejoindre Emma et Sarah à l'avant du bus, prétextant un mal de cœur qui ne les dupa ni l'une ni l'autre.

Zoé se retint de rejoindre Zakarya trop vite. C'était mieux si elle se faisait désirer un peu. Elle sortit sa trousse de maquillage. Elle avait toujours aimé faire *ça* dans les transports en commun. De temps en temps, elle jetait un œil sur Zakarya en tournant son miroir de biais. Il était toujours aussi sombre, se rongeait maintenant les ongles jusqu'au sang, c'était flippant de le sentir si mal, c'était même carrément contagieux et seule l'idée qu'elle serait bientôt blottie contre lui la réconforta. Un dernier coup de gloss épaissirait sa bouche et la rendrait pulpeuse. Qui pour résister à ça ?

Ce week-end-là, la vie se montra généreuse. Avec Zakarya, elle n'eut même pas besoin de faire le premier pas. À peine assis à côté d'elle, il se mit à l'embrasser. Et quelques secondes après, il glissait ses mains sous son pull. À moins que ce ne fût elle qui glissa la sienne entre ses cuisses à lui. Elle ne se souvenait plus vraiment. Ce dont elle était sûre, c'était du regard qu'ils avaient échangé juste après, de ses yeux qui avaient pris une teinte étrange, comme s'ils avaient perdu leur reflet, devenus d'un noir profond, ça l'avait fait sourire, de le sentir si proche de ce qu'elle éprouvait dans des moments pareils, ils n'étaient pas si nombreux à la laisser entrer dans leurs zones d'ombre, et celles de Zakarya étaient impressionnantes/c'était mieux que n'importe quel shoot, ils avaient ça en commun, d'être désenchantés, et de pouvoir tout vivre, ce que ses éducateurs appelaient son goût pour la débauche.

Et pourquoi pas ? Une *entraîneuse*, de toute façon elle en voulait pas de leur vie respectable, elle savait trop ce qui se cachait dessous, elle préférait être une de ces femmes trop maquillées qui consolent les gars dans les saloons et les entraînent dans les arrière-salles derrière les rideaux de perles. Des femmes comme des nuits sans étoiles.

Paco les avait vus, il *la* regardait, *enfin* ! Zakarya s'en foutait, de lui comme du reste. S'il avait pu, il l'aurait baisée là tout de suite à l'arrière du bus, à même le sol. C'était ça qu'elle aimait trop chez lui, cette urgence à tout foutre en l'air.

Pendant le trajet, elle ignora Paco qui finit par se rasseoir à côté de Gaby. Il tirait une tronche de quatre kilomètres de long.

Elle avait faim et n'avait rien prévu pour manger. Zakarya avait le sac rempli de douceurs en tous genres. Des sucreries au miel faites maison, des cornes de gazelle, et des sablés au pain d'épice.

– C'est ta mère qui t'a fait tout ça ?

Son visage s'illumina. Il fit oui des yeux en lui tendant son sac ouvert pour qu'elle constate qu'il était plein d'autres trésors, des sandwichs soigneusement enveloppés dans du papier Cellophane, deux sachets de fruits secs, et quatre canettes enroulées dans un linge humide pour les garder au frais. La jalousie lui vrilla les entrailles.

Il lui offrit aussitôt de partager, il était si gentil, *trop con, ce serait tellement facile*

– Oh, trop sympa, oui, j'ai pas eu le temps ce matin…

Elle sortit quatre petits paquets dont elle ôta délicatement le papier, écartant les tranches pour renifler le contenu, goûtant, croquant, mâchouillant l'un et l'autre en faisant la grimace, les posant sur ses genoux de sorte qu'en quelques minutes, elle avait fait un carnage.

– Excuse-moi, mais en fait j'ai mal au cœur…

Il ne dit rien, fourra les restes et les miettes dans son sac où elle imagina le beurre qui allait bientôt fondre, se répandre et tout couvrir de gras. Elle soupira. Posa sa tête sur son épaule, ferma les yeux et s'endormit.

Avant de sortir du bus, Djibril demanda aux grands d'organiser les groupes et les activités, avec pour seule contrainte une mixité d'âge et de sexe et *un équilibre des forces*.

– Qu'est-ce que ça veut dire, ça, équilibre des forces ? demanda Zoé, moqueuse.

Mais personne ne releva. Il n'était pas question de la moindre ironie durant le week-end du bonheur. Elle se força un peu à prendre part à leurs discussions joyeuses, mais comme on n'écoutait pas ses idées, très vite elle s'ennuya et imposa ses propres règles. Elle se mit à soutenir chaque proposition de Paco quand il prenait le contre-pied de Zakarya. Ils échangèrent des regards complices. Avec Paco, tout risquait d'être beaucoup plus excitant et plus secret encore. La nuit s'annonçait prometteuse.

Alors qu'ils arrivaient à destination, tout le bus hurlant de joie en découvrant la mer au loin, Zakarya murmura quelques mots sur l'absence d'Ousmane. Il aurait bien aimé qu'ils vivent ça ensemble. *C'était quand même grâce à lui si…* Elle avait déjà remarqué ce besoin qu'il avait de remercier tout le monde, un peu trop souvent, avec trop d'émotion. Elle devinait d'instinct que c'était à cet endroit que la carapace était la plus fragile.

– Tu sais quand même pourquoi il est pas venu, Ousmane…

Il la fixa, un peu méfiant. *Pas sûr qu'il ait envie de savoir.*

– Oh, excuse, je pensais que vous étiez potes, c'est tout.

Ils étaient tous les deux au fond du bus, attendant leur tour pour descendre. Zakarya n'hésita pas longtemps.

– Normal qu'on se dise pas tout… et qu'on ait des secrets, on en a tous, pas vrai ?

Il se rapprocha d'elle brusquement, se colla contre son dos, pesant de tout son poids sur elle en se balançant imperceptiblement. Un frisson courut sur son échine, elle ne put retenir un gloussement content.

– Alors, lui dit-il en se penchant vers son oreille, il fait quoi Ousmane ?

– Il joue au poker, il est complètement accro...

Elle n'eut pas besoin de se retourner pour sentir sa surprise.

– Mais comment tu sais tout ça ? lui demanda-t-il, un peu accusateur.

Soudain la voie était libre, elle avança de quelques pas mais il la retint par le bras.

– T'es sérieux ? dit-elle en éclatant de rire. Qu'est-ce que tu veux que je te réponde ? Je sais pas, c'est parce que je suis curieuse, et que je vais toujours fouiner là où ça sent mauvais.

Il eut une moue dégoûtée.

– Ton air, là... genre le mec qu'a des valeurs... tu crois tromper qui... ?

Elle se dressa sur la pointe des pieds pour lui fourrer sa langue dans la bouche. Il répondit instantanément à son baiser.

– Tu te trimballes un bon paquet de saloperies, *là*...

Elle enfonça son doigt dans son plexus, si fort qu'il la repoussa. Mais ça ne l'arrêta pas.

– Et ça te bouffe les nerfs, les tripes, le cerveau... comme à moi, t'es comme moi... alors pourquoi s'en faire ?

En sortant du bus, elle chercha Paco des yeux. Il fumait une clope assis sur la rambarde et dos à la mer. *Genre*... elle sourit intérieurement. Elle était sûre qu'il ne pensait qu'à ça, à elle avec Zakarya dans le bus. Et à tout ce qu'ils avaient fait tous les deux pendant que les autres étaient déjà prêts pour foncer vers le camping. Elle eut aussi une pensée pour la gentille Faustine, la petite amie parfaite/joie mauvaise/pas l'ombre d'un remords.

Il avait fallu attendre qu'ils aient tous fini de chanter sous les étoiles. Elle avait passé la soirée la tête sur les genoux de Zakarya qui lui caressait doucement les cheveux, lui l'air ailleurs / même pas rendu compte que Paco la cherchait / beaucoup moins drôle comme ça / *toute cette indifférence.*

Ils avaient fini par y arriver quand même, se retrouver tout seuls, malgré la surveillance de Djibril qui s'était relâchée une fois que les petits s'étaient endormis. Et comme il y avait une jeune maman accompagnatrice qu'il avait l'air de trouver à son goût, il serait bien occupé. Elle les imaginait ensemble et ça lui plaisait / la rassurait. Avec Zakarya, ça avait fini par se faire, c'était chiant, il savait pas y faire, sentait rien, elle qui aimait que ce soit intense, il était doux et c'était vite fini

comme si elle lui faisait peur

Le pire, c'était après, leur impatience et leurs efforts pour faire semblant alors que c'était raté, ennuyeux. Point barre.

Elle s'était glissée hors de la tente au prétexte qu'ils ne devaient pas être vus ensemble le lendemain matin. Zakarya avait hoché la tête, cachant mal son soulagement.

Comme elle l'avait prévu, Paco était encore debout

et il était seul. Ils n'eurent pas besoin de se parler. Il l'entraîna sur la plage, il faisait un peu frais, et le sable était quand même humide. Elle aurait bien aimé qu'ils se parlent un peu avant mais de ça, Paco n'avait pas envie. À lui, elle s'offrit sans chichi, totalement nue, attentive à le satisfaire, cédant / devinant ce qui le faisait fantasmer / murmurant des mots crus, appelant les siens, sentant qu'elle lui donnait le vertige.

Il jouit, remonta son pantalon qu'il n'avait pas enlevé. Et dit vite fait, *putain mais t'es trop bonne.* Elle sourit, ravie / mal à l'aise. Elle pensa à Faustine. *Sûre qu'il ne lui a pas dit ça.* Elle aurait dû s'énerver. Mais lui dire quoi ?

Comme ça qu'on te traite, c'est exactement ce que tu cherches

Juillet 2017
Café L'Absinthe

PILIER DE BAR

Quand Zoé était revenue de sa balade dans la Somme, Momo avait vu qu'elle était fracassée avant qu'elle le sache elle-même. Elle s'était pointée le dimanche soir, à peine ils étaient tous descendus du bus, venue direct le voir, avait commandé à boire, riant trop fort, avec sa démarche chaloupée et ses yeux qui étincelaient de lumière noire. Flippante, parce que lui savait où ça risquait de la conduire, pourtant cette fois ce n'était ni d'avoir trop bu, ni de s'être défoncée. Il connaissait de réputation les week-ends de Djibril, tout le monde en revenait content, *simplement* content… Alors pourquoi Zoé parlait trop fort, trop vite et à n'importe qui, elle ne voulait pas rentrer au foyer, elle avait demandé si elle pouvait rester, il était d'accord, bien sûr, elle s'était jetée dans ses bras, *t'es trop cool, Momo, merci, t'es un frère.*

Comme les autres, bien sûr, il avait rêvé de la sauter, au début comme ça quand elle s'était pointée dans son bar, si jolie, si directe, et qu'elle cherchait tout de suite à troquer avec lui des avantages divers contre des *dons en nature*. Mais ça ne s'était pas fait tout de suite et après c'était trop tard, quand il était devenu son confident, il pouvait pas, n'avait plus envie qu'entre eux, ça se passe *comme ça*. Et jamais le bon moment et avec quels *mots* lui dire qu'il rêvait d'elle la nuit, une vie de princesse, qu'il y arriverait, lui, à lui redonner de l'espoir, et l'amour qu'elle avait jamais eu.

Il aurait eu l'air de quoi il aurait eu l'air d'un con

Elle avait pris l'habitude de dormir parfois avec lui à l'étage, dans une chambre au-dessus du bar. Il acceptait toujours. Ça lui faisait plaisir de l'avoir rien que pour lui, quand elle avait, ces jours-là, ses airs de moineau déplumé. Il lui apportait son petit déj au lit, café croissant devant le téléachat qui les faisait bien marrer. Et puis il retournait bosser le cœur plein d'elle et de leurs rires, heureux de sentir qu'au fil des heures elle allait de mieux en mieux.

Elle était si fragile, si dingue, si méthodiquement suicidaire. Il la surveillait nuit et jour, de près ou de loin, comme le lait sur le feu mais ne lui montrait pas, ne lui montrait rien, même quand elle disparaissait plusieurs jours et revenait en vrac, il était là, c'est tout, imperturbable, placide, tranquille, *un peu trop mou*, comme disait son oncle.

Il leur était arrivé de dormir ensemble. Il l'avait prise dans ses bras, ou plutôt c'était elle – elle décidait toujours – qui lui avait demandé de s'allonger contre elle et de la serrer fort. Elle était toute petite et menue et plus encore quand elle était comme ça, si faible, démunie, et qu'elle s'abandonnait. Chaque fois, il avait pensé aux autres, à ces mecs qui profitaient d'elle quand elle était tellement paumée, fallait être un sale fils de pute quand même, pour oser.

Elle parlait beaucoup, avec lui, elle parlait même tout le temps, racontait des tas de choses qu'elle avait vécues dans ses vies d'avant. Au début, il l'avait écoutée sans rien en penser, simplement horrifié, la serrant un peu plus dans ses bras. Mais elle en avait tellement des histoires horribles qu'il avait fini par douter, s'était demandé si elle en rajoutait pas, peut-être que tout n'était pas vrai mais qu'est-ce que ça changeait que ce soit vrai ou pas, ou seulement en partie, c'était tout ça qu'elle avait dans la tête, dans le corps, tous ces souvenirs atroces qui la mettaient dans cet état. Si elle avait menti, finit-il par se dire, elle se serait trompée, ou mélangé les pinceaux mais ça n'était jamais arrivé, pas une fois. En son for intérieur il s'en voulait de ne pas la croire *complètement* alors qu'il ne rêvait que de la décharger de ses chagrins, qu'elle s'en débarrasse, et qu'ils puissent tout recommencer, ensemble, *ensemble*, ce mot-là le consolait de tout.

La semaine après le week-end de Djibril, elle était restée toute une nuit, repartie, et revenue, sans décrocher de cette excitation bizarre et inquiétante.

C'était avec Faustine que ça avait explosé. Il ne sut jamais ce qu'elles s'étaient dit au sujet de Paco. Les mots s'étaient perdus dans le brouhaha de la grande salle pendant le rush du midi. Elles se parlaient depuis un long moment, Faustine avait montré plusieurs fois qu'elle était agacée. Sentant que ça montait, Momo lui avait demandé de partir sous prétexte qu'il aurait bientôt besoin de la table, elle était déjà debout, son beau sac jaune bronze sur son épaule parfaite, il la croyait partie, quand soudain il entendit des hurlements.

Zoé lui avait sauté à la gorge, il se précipita pour libérer Faustine qui tremblait de tout son corps. Elle courut vers la sortie puis, déjà dans la rue, elle revint sur ses pas, fonça vers Zoé et lança :

– Excuse-moi, c'est pas ce que je voulais dire… je… suis…

Elle haletait. Zoé l'ignora.

– Putain, Zoé, mais qu'est-ce qui t'a pris ? demanda-t-il, énervé.

Elle était en train de broyer un verre dans sa main qui saignait abondamment. Il pensa qu'elle était folle, se contenta de la conduire à l'étage, la traînant malgré elle et son corps devenu inerte, il lui banda la main comme il put. Heureusement les plaies n'étaient pas très profondes. Elle se laissa faire en pleurant sans bruit.

– Qu'est-ce qu'elle a dit, Faustine ? murmura-t-il en ramassant la serviette pleine de sang.

Elle haussa les épaules.

– Tu sais, l'autre week-end, dit-elle d'une voix métallique sans lever les yeux vers lui, Zakarya et Paco, ils se sont bien amusés…

Elle retint un sanglot.

– … avec moi, je veux dire. Ils ont fait des échanges, comme si j'étais leur jouet.

Elle porta la main à sa bouche pour se ronger les ongles. Il ne savait pas quoi répondre, dégoûté, révulsé, *comment c'était possible.*

Il l'attira contre lui, *viens ma puce,* elle se laissa faire, il la berça, doucement, lentement, jusqu'à ce qu'elle s'endorme.

Juin 2018
BoxoumBis

RIVAUX

Curieusement, c'était la première fois que Paco et Zakarya se retrouvaient seuls.

En deux ans, Zakarya l'aurait juré, ça n'était jamais arrivé. Et il avait fallu que ça tombe un jour comme celui-là, à croire que Paco l'avait fait exprès... Quand Zakarya avait ouvert la porte des vestiaires et qu'il l'avait vu, torse nu, en train de se changer, il avait d'abord eu un mouvement de recul. La veille, Djibril lui avait pris la tête, méchamment, lui annonçant que Paco le remplacerait, qu'il était d'accord et disponible et digne de confiance – *lui*.

Zakarya avait accusé le coup, ne s'attendait pas..., *tu peux pas me faire ça !, s'te plaît, Djibril, laisse-moi encore une chance, je sais j'ai merdé*, mais le coach avait coupé court, c'était non négociable, c'était comme ça, point barre.

Zakarya était reparti en claquant la porte. Direct. Même si, tout de suite après, il avait regretté. Tourné en rond dans le quartier. Djibril n'avait pas tort, *enfin quand même, il fallait pas exagérer...* cette fois-là, c'était même pas de sa faute, il venait de passer des heures en garde à vue, pour *rien*, ils avaient *rien* contre lui, *ces bouffons.*

Perdu sa place pour un match qu'il préparait depuis des mois. *Cette place-là*, que Djibril lui réservait à *lui.* Le soir, Aïssatou avait insisté pour savoir ce qui le rendait si sombre. Il ne lui avait jamais menti, jamais. Simplement, ce qu'il ne voulait pas lui dire, il esquivait. Elle faisait pareil. C'était comme un pacte entre eux.

Mais ce soir-là, elle avait insisté. Comme on décide de s'approcher du vide, à petits pas prudents.

– Pourquoi tu me dis pas ? avait-elle demandé.

Il avait senti sa gorge se serrer. Une nervosité incontrôlable s'était répandue dans son corps comme un poison. Il manquait d'air, avait envie de se tirer, de tout foutre en l'air, de s'éclater la tête contre le mur.

– Je te dis pas *quoi* ? Qu'est-ce que tu veux ? avait-il hurlé.

Elle avait fermé les yeux. S'était doucement levée du canapé, avait enfilé ses baskets et, sans un regard pour lui, elle avait dit, en tremblant :

– Pas ça, pas toi, pas nous... Jamais !

Elle était déjà à la porte de l'appartement.

– Djibril m'a viré. J'ai loupé plusieurs entraînements et des cours avec les petits. Mais... c'est que... J'étais en garde à vue. Je fais des go fast pour des gens qui paient bien et parce que ça me demande aucun effort, que j'aime conduire, et même que ça me défoule, j'en ai besoin, faire des conneries, je veux dire, je ne sais pas pourquoi... c'est comme si...

Elle était presque sur le palier. Ils avaient tous les deux les yeux rivés au sol.

– … comme si ?

– J'en sais rien, je peux pas te dire vraiment j'en sais rien, faut que tu me croies. C'est comme si je devais pas oublier des trucs… dont je me souviens plus.

Elle était à nouveau assise dans le canapé du salon. En face de lui qui n'avait pas osé lever les yeux vers elle depuis que.

– Tu comprends ?

– Non.

– Moi non plus.

Ils avaient ri. Il l'avait rejointe sur le canapé. Pas trop près, n'osant pas encore…

– Je peux pas expliquer.

– Essaie…

– Je fais des conneries pour pas me laisser détruire par ce qui m'angoisse.

Elle avait l'air sceptique.

– Ça me calme, de rouler vite, et le danger aussi, d'être au bord de…

– De quoi ?

Il ne pouvait pas prononcer le mot.

– … te foutre en l'air ? C'est ça ?

Elle était furieuse.

Il fit oui avec la tête seulement. Un oui minuscule mais un oui quand même. C'était la première fois qu'il osait le dire. Elle avait baissé les yeux, réfléchissait toute seule, glissant sa main à l'arrière de sa nuque, à la naissance de ses cheveux, passant et repassant son pouce dans un creux, à la jonction de son crâne, un petit coin d'elle qu'il chérissait aussi où sa peau était un peu plus claire et incroyablement douce.

Il n'en pouvait plus.

Quand elle avait relevé la tête, il s'était rendu compte qu'elle était furieuse.

– Et nous ?

– Quoi ?

Elle éleva la voix.

– Et nous ?

– Arrête, Aïssatou, ça a rien à voir avec nous deux, tu sais bien…

– Ben non, justement, je sais plus… je me rends compte que je te connais pas en fait, je sais pas qui tu es…

Il ne répondit pas. Elle avait raison, ils se connaissaient à peine et pouvaient tout aussi bien se quitter. Elle était là et il sentait déjà le manque qui faisait son travail, le monde entier s'écroulant sans un bruit.

– … c'est la seule chose qui compte, nous deux, je veux pas qu'on se quitte.

Il sentit sa voix partir en vrille et trembler.

– Je suis amoureux, Aïssatou. Je sais, c'est con.

Elle frémit, baissa brusquement les yeux. Il approcha un peu.

– … je veux pas te mentir, je fais des conneries des fois, voilà, je te l'ai dit, mais je te jure que…

Elle tendit sa main vers lui.

– Je te crois.

Posa ses lèvres sur les siennes.

– Moi aussi.

Elle rit. Chaque fois, ce rire-là, c'était mieux que n'importe quoi d'autre au monde. Il marmonna *je t'aime* si bas qu'il n'était même pas sûr qu'elle l'avait entendu. Elle avait ri encore et ils s'étaient embrassés sans reprendre leur souffle tout le temps qu'ils avaient eu le droit de rester ensemble.

Au moment de se quitter, elle avait pris ses deux mains dans les siennes, approché ses yeux si près des siens qu'ils se voyaient à peine. *Je ne veux pas te perdre, OK?*

Le lendemain, il s'était levé à l'aube, avec l'idée qu'il devait marcher droit. Et la certitude qu'il allait y arriver, se remettre à s'entraîner à fond, prouver à Djibril qu'il ne pourrait pas se passer de lui à la saison suivante.

... et pour Aïssatou...

Ça va le faire même sans avoir besoin de parler, juste en étant là, vraiment là, à la hauteur des espoirs qu'on avait mis en lui... après tout, cette année, il avait quand même montré que...

Il avait fini par s'en convaincre tout seul. Était entré au club le cœur presque léger, ignorant Djibril et son regard gelé, fonçant aux vestiaires mais Paco était là, arrivé avant lui, assis tranquille sur le banc, exactement à la place où Zakarya avait l'habitude de s'asseoir.

Ce n'était rien d'autre qu'une pure provocation.

Zakarya s'avança sans rien dire et s'assit sur le banc, pile en face de lui. Il cherchait ses mots pour tenter malgré lui de négocier. D'autant qu'il était convaincu que pour Paco, la boxe ce n'était qu'un jeu alors que pour lui... pour lui... Il fit craquer ses doigts. Paco jubilait, continuant d'enrouler ses bandelettes autour de ses mains sans lever les yeux vers lui.

– T'as quelque chose à me dire, mec ? balança-t-il, ne pouvant cacher un sourire de victoire qui fit perdre à Zakarya toute envie de négocier.

– Et toi ?

– Moi ? Non, moi, ça va, j'ai retrouvé *ma* place, celle que tu m'avais prise, tu te souviens ?

– Je t'ai rien piqué en lousdé, moi, je l'ai gagnée au combat, ma place... toi, t'es un sale poison merdeux...

– M'insulte pas, Zak, ça sert à rien, juste à t'enfoncer un peu plus dans la merde dans laquelle tu patauges déjà depuis toujours.

– Quoi ? Qu'est-ce que tu dis ? Vas-y répète...

Il s'était mis debout, se retenant de le coller contre le mur, mais l'autre avait l'air si tranquille, si déterminé à le mettre hors de lui qu'il flaira le danger, et se dit qu'il y avait longtemps que Paco Moreno rêvait de ce moment. Il était hors de question qu'il lui donne ce plaisir-là, devant Djibril surtout. Il serra les poings, sortit ses affaires de son sac et se changea vite fait, à l'autre bout des vestiaires. Paco sifflotait sans le quitter des yeux. Zakarya l'ignorait et c'était bien comme ça. Il n'avait plus qu'une seule idée, se retrouver dans la salle avec le sac en face de lui. Et oublier ce connard.

Mais Paco, lui, n'en avait pas fini.

– ... c'est ce qu'on se dit avec Zoé, qu'en plus du reste, en fait, t'es juste con.

Zakarya avait déjà la main sur la poignée de la porte, il s'apprêtait à sortir mais l'allusion l'avait piqué au vif.

– De quoi tu parles ?

Paco était juste derrière lui. En apparence toujours aussi tranquille et arrogant. Comment ce gars avait pu faire semblant tout ce temps, sans rien laisser paraître ?

Jamais Zakarya n'avait imaginé possible autant de rage et de haine et d'envie de se venger. Il trouvait ça dément que ce fils de bourge ait le sentiment que lui, Zakarya, lui avait volé ce qui lui revenait de droit.

– Je te parle de Zoé…

Il chuchotait, maintenant tout près de lui, si proche que Zakarya sentit le souffle de ses mots passer sur son visage.

– Il paraît que tu baises mal, ouais, elle dit que tu t'y prends comme un manche… Tu sais comment elle est, elle adore les détails… Et comme elle est bavarde… j'avoue, ça fait pitié.

Il recula d'un pas comme pour profiter du spectacle. Il riait et ses petits yeux de renard pétillaient de plaisir. Zakarya imagina la scène, les filles au café, les confidences, qui sait ce que Zoé était capable de raconter. Aïssatou l'apprendrait forcément. Il hurla :

– Sale fils de pute…

Mais Paco avait un coup d'avance. Il esquiva l'attaque et se retrouva à la porte des vestiaires, qu'il ouvrit en grand, sans doute pour prendre les autres à témoin. Zakarya ne se rendait plus compte de rien. Il fonça sur lui et balança ses coups dans les côtes. Il entendait vaguement la voix de Djibril au loin, sentait les mains qui tentaient de le retenir, et sa propre voix recouvrant tout le reste.

– Je jure que j'aurai ta peau, t'entends, t'es mort !

Paco s'était roulé en boule au sol, le souffle coupé. Zakarya avait encore montré qu'il était le plus fort au combat.

Procès dernier jour

VA-TOUT

Au début, la mère de Paco avait ressenti exactement le même embarras qu'elle éprouvait aujourd'hui en voyant Zoé Roche à la barre. Au fil des derniers mois, elle avait oublié ce léger malaise que suscitait sa présence, le redécouvrant avec un regard neuf maintenant qu'elle était face aux jurés qui allaient juger l'assassin de son fils. C'était sans doute, pensa-t-elle, une forme particulière de timidité qui lui donnait cette attitude à la fois arrogante et farouche – ou cette façon qu'elle avait de bouger les yeux sans cesse comme un petit oiseau inquiet, toujours sur le qui-vive, *à te laisser penser qu'elle est poursuivie.*

Leurs regards se croisèrent. Elles échangèrent un sourire complice. Zoé lui avait tant apporté. Elle était apparue sous son toit un peu par hasard, le jour de la réouverture du club, six mois après la mort de Paco. Faustine et Amalia l'avaient invitée à se joindre à elles. Peut-être qu'elles n'en pouvaient plus de revenir sans fin sur des questions qui restaient sans réponse. Parce que le pire peut-être c'était de ne pas comprendre, de ne rien comprendre, de vivre avec ce sentiment que toute sa vie n'avait été en somme pas plus solide qu'un décor de carton-pâte. Les filles avaient quitté la table si vite. Ondine Moreno avait entrevu le moment où prononcer le prénom de son fils deviendrait impossible. Où elle resterait seule avec son chagrin. Dans ce salon où il n'y avait eu cet hiver-là ni sapin ni guirlandes lumineuses, autour de cette table où Paco avait pris son dernier dîner, seule Zoé était restée pour lui parler de *lui*. C'était si excitant et si doux de rencontrer quelqu'un qui avait connu Paco et qui lui en parlait comme jamais elle n'en avait entendu parler. Cette sensation de pousser enfin la porte du Boxoum-Bis que son fils lui avait toujours interdit de franchir.

C'était son lieu à lui, celui où il avait pu se réinventer.

Zoé parlait de Paco avec tant d'intelligence et de sensibilité.

– J'aimais bien le regarder s'entraîner, il se battait sans violence, lentement, en restant en retrait. Les autres, il les avait toujours à l'usure... à les agacer, les poussant à la faute et c'est seulement à ce moment-là qu'il envoyait ses coups.

Ondine l'imaginait, et ça lui faisait comme de nouveaux souvenirs, elle en demandait encore et Zoé racontait, et racontait encore, tant qu'elle en aurait besoin. Elles avaient ri, à plusieurs reprises, en même temps qu'elles retenaient leurs larmes.

Zoé était revenue souvent. Elle savait exactement comment la consoler.

Un jour, elle avait demandé à visiter sa chambre dans laquelle elle n'était jamais entrée. Là, assise sur le lit de son fils où rien n'avait changé, cette jeune fille avait beaucoup pleuré. Et finalement, elle lui avait avoué qu'ils avaient eu une relation tous les deux, qu'elle n'en avait jamais parlé à personne, parce qu'elle était aussi l'amie de Faustine. Il était amoureux d'elle, même si c'était difficile. De rompre… il avait vu le mal que son père avait fait…

Ondine l'avait prise dans ses bras comme on fait pour bercer les enfants.

Merci de ta confiance.

Zoé s'était endormie là, dans la chambre de Paco et sa mère avait eu l'impression de réparer une injustice. C'était ce qu'il aurait voulu, elle en était certaine.

Le jour où la date du procès fut officielle, Zoé disparut.

Elle cessa brusquement de venir chez Ondine, ne répondant ni à ses appels ni à ses SMS. Le filet de protection que cette gamine avait tissé pour elle se déchira d'un coup, rouvrant la plaie et la laissant à vif. Il fallait qu'elle revienne et qu'elle reste à côté – ou elle mourrait de chagrin. Ondine se mit à la chercher, maladroitement, obstinément. Sa panique faisait peur à tout le monde. Il n'y eut qu'un garçon de café pour l'écouter un peu, au bistrot où, lui dit-on, ils se retrouvaient tous *avant*, L'Absinthe, du côté de la place des Rigoles. Un certain Momo, qui avait l'air de la connaître un peu plus que les autres. Elle allait revenir, lui dit-il en souriant… elle faisait ça, parfois, disparaître. Il lui versa à boire. Zoé était tellement abîmée par toute cette histoire, ça la fragilisait beaucoup. Il avait l'air content de pouvoir parler d'elle. Ondine lui avoua qu'elle se sentait extrêmement coupable. Sa fille, Amalia, avait raison, elle ne pensait qu'à Paco. Elle le supplia de lui transmettre le message, si jamais il la voyait... Ondine avait absolument besoin de lui parler.

Momo promit.

Quelques jours plus tard – ou était-ce des semaines? – Zoé réapparut.

Fatiguée, grise, amaigrie, elle n'avait plus rien à voir avec la Zoé qu'elle avait rencontrée. Sujette à des sautes d'humeur, des crises de larmes et de rire inexplicables, elle lui donnait l'impression d'être toujours au bord du vide. À force de douceur et de constance, Ondine parvint à la rendre moins instable et finalement elle eut le sentiment de la reconquérir.

Pendant ce temps, elle souffrait moins de l'absence de son fils. Le soir de l'anniversaire de sa mort, Zoé s'effondra. Elle lui raconta tout. Ondine la supplia de venir témoigner au procès. Elle refusa longtemps. Elle avait peur qu'on lui reproche de ne pas avoir parlé avant. Et puis, elle avait peur de revoir Zakarya, elle l'avait fait tellement souffrir, c'était terrible de savoir que tout ça, ce qui était arrivé, et même la mort de Paco, tout était de sa faute.

Ondine consulta son avocat qui lui conseilla de la convaincre de venir à la barre. Elle avait pris tout le temps qu'il fallait. Et elle y était arrivée. Savoir que Zoé allait prendre la parole lui avait permis de supporter chaque heure du procès, et les doutes que la défense avait tenté de distiller. Grâce à Zoé, ce Benothmane en prendrait pour vingt ans.

– Levez la main droite et jurez de parler sans haine et sans crainte, de dire la vérité, toute la vérité.

Zoé Roche leva la main et jura.

– Je connaissais Paco et Zakarya... je veux dire, je les ai connus au club tous les deux et je... me suis dit que je devais raconter ce que je savais... que c'était important.

Bizarrement, elle n'arrêtait pas de se retourner du côté de l'accusé. On aurait dit qu'elle cherchait son regard, qu'elle guettait un sourire, un signe de connivence. Mais sans doute pouvait-on aussi imaginer l'inverse, qu'il lui faisait peur et que sa présence l'empêchait de parler. Elle portait des chaussures à talons, s'était trop maquillée, minaudait devant les jurés interloqués. Ondine ne pouvait chasser le malaise qu'elle en éprouvait. Depuis qu'elle était entrée dans cette salle, cette fille avait brouillé les contours du monde autour d'elle. Plus rien n'était net, ni les gens ni les choses, et même le son de sa voix avait perdu ses vibrations familières.

Tout était mat et sans écho.

Zoé passa la main dans ses longs cheveux pour les ramener d'un seul côté.

– Quand Zakarya est arrivé dans le club, tout a changé. Jamais on n'avait vu quelqu'un d'aussi... je sais pas comment dire... il avait un truc, quoi... Et forcément, Paco, ça l'a rendu jaloux. Tout de suite, je veux dire, avant même que moi, j'intervienne dans l'histoire. Parce que avant Zakarya, c'était lui qui... était le... qui dominait, quoi, tout le monde, je veux dire...

Elle cherchait ses mots et pour ceux qui l'écoutaient, c'était assez pénible de la suivre, on ne comprenait pas où elle voulait en venir.

– Vous pouvez parler sans crainte, l'encouragea le président.

Elle se redressa, et lâcha d'une toute petite voix un *merci* assez bouleversant.

– Zakarya, franchement, il a rien fait pour prendre sa place, il la jouait modeste, je veux dire, il la ramenait pas, il bossait dur pour progresser... Ça, tout le monde l'a vu, et moi, ce qui m'a émue quand je le regardais, c'est que c'était pas un violent... il aimait se battre mais lentement, presque doucement, c'est toujours à l'usure qu'il a gagné contre ses adversaires... il les poussait à la faute...

Ondine retint mal un cri de surprise.

Zoé avait eu les mêmes mots pour parler de Paco. Elle sentit son pouls s'accélérer. Se pouvait-il qu'elle se soit trompée ? Cette fille racontait n'importe quoi. Elle disait ça comme elle aurait dit exactement l'inverse. Soudain, dans sa bouche, les deux garçons semblaient interchangeables. La vérité était devenue anecdotique.

Zoé était lancée.

– Je l'aimais bien, moi... je... enfin... Ça s'est passé bizarre entre Zak et moi, ça s'est fait un soir qu'on sortait de chez Gaby, il a pris ma main, on a marché toute la nuit dans Paris tous les deux et on s'est raconté nos vies... J'ai senti qu'il était tombé grave amoureux.

– Mais n'importe quoi... ! s'exclama Zakarya.

Son avocate se pencha aussitôt vers lui. Il ne

pouvait pas intervenir maintenant, en plein témoignage, d'autant plus qu'elle manifestait des difficultés à parler librement ! Zakarya tremblait de rage et ses yeux jetaient des éclairs furieux. Ondine sentit son corps se tendre. Peu importe que cette fille dise la vérité ou pas, ce qu'elle attendait de ce procès, c'était ça, ce moment-là, un coup fatal porté sous ses yeux à l'assassin de son fils, voir tout espoir s'éteindre sur son visage, assister à sa déroute, à son humiliation, détruit devant elle – comme un juste retour des choses.

– Pour moi, c'était beaucoup moins important… C'était juste qu'il est beau gosse et que j'aime les beaux gosses, et séduire… Avec Paco, c'était beaucoup plus… c'était une véritable histoire et le sexe entre nous, c'était chaud… Et Zakarya, je crois qu'il a pas supporté… c'est ma faute… je les ai poussés à bout… je le sais, c'est ma faute…

– Elle ment ! répéta l'accusé.

Remous dans la salle. L'avocate tentait de contenir son client qui s'était effondré sur lui-même. Zoé le regardait et regardait la cour et regarda Ondine.

Alors Zoé poursuivit, précipitamment, comme si ça ne suffisait pas :

– Il me l'a dit qu'il ne supportait pas de me voir avec un autre, que j'étais la seule qui… avec laquelle… j'étais sa première fois…

Zakarya se jeta contre la vitre qui le séparait de la salle en hurlant :

– Elle ment, c'est PAS vrai, elle ment, j'ai pas tué Paco, cette fille est folle, folle, je vous jure, elle ment… ELLE MENT !

Deux flics le maintenaient et tentaient de le

contenir mais il était plus fort qu'eux, leur donnait des coups, un autre vint en renfort, il finit par être jeté au sol. Malgré tout, continuant de hurler :

– ELLE MENT, C'EST PAS VRAI, ELLE MENT J'AI PAS FAIT ÇA.

Le président suspendit la séance. On évacua la salle.

Ondine ne parvenait pas à bouger de son siège. Le sentiment de soulagement escompté n'était pas arrivé. Elle se tourna vers ses filles, Amalia et Luz, abasourdies.

– On ne saura jamais, murmura Amalia.

Ondine secoua la tête, hébétée.

– Jamais…

Procès dernier jour

DÉLIBÉRÉS

Il y avait vingt minutes que Zakarya, entouré de deux gendarmes, était prostré dans un coin de la petite pièce située derrière la salle d'audience. Léonie, assise à l'autre bout, ne le quittait pas des yeux, guettant le moment où il relèverait la tête. Son refus de se battre lui était insupportable. Le procès jusqu'ici n'avait fait que l'enfoncer. Elle était déterminée à ne pas le lâcher, voulait le sauver comme on sauve une idée. Un principe. Si seulement il décidait d'y croire aussi.

Elle fit un signe aux deux gardiens, leur demandant de les laisser.

Ils avaient à peine refermé la porte qu'elle s'approcha, s'assit à la place qu'ils occupaient et sans y penser, comme elle l'aurait fait pour un ami, elle posa tout doucement sa main sur l'épaule de Zakarya.

– Ça va ?

Il grogna quelques mots qu'elle n'entendit pas, dont elle soupçonna que c'étaient des insultes.

– Zakarya... ?

Il cria :

– Si j'avais pu la tuer, je vous jure que je l'aurais fait. Qu'elle se taise, cette tarée… !

Ça commence mal…, pensa l'avocate, désarçonnée.

Zakarya se leva pour marcher de long en large, à nouveau furieux.

– … je suis qui pour elle ? Je comprends pas son délire… je m'en fous de cette meuf, elle le sait, elle invente n'importe quoi, et on dirait que ça l'amuse, comme si on jouait tous dans son film, que c'était pas si grave, elle est folle, folle, je suis pas sa marionnette, moi, je joue pas dans son histoire !

– C'est bizarre…

– Quoi, qu'est-ce qui est bizarre, y a rien de bizarre, c'est elle qu'est trop chelou… point barre… je vous jure, je vais la buter, si je pouvais, je la buterais.

– Asseyez-vous, Zakarya, s'il vous plaît.

Curieusement, il obéit et sembla plus calme. Ils étaient maintenant face à face.

– Vous tenez vraiment à ce qu'on vous prenne pour une brute ?

Il haussa les épaules.

– … comme s'il fallait *absolument* leur donner raison, n'est-ce pas ? poursuivit-elle.

Il l'écoutait parler avec une attention si grande qu'elle l'effrayait un peu. Le pouvoir qu'avaient les mots de détruire ou de réparer, ce goût qu'elle en avait, qui l'avait portée à exercer ce métier, tout ça soudain lui semblait excessif. Qui était-elle pour prononcer des phrases pareilles ?

– J'ai l'impression, Zakarya, que vous n'en pouvez plus de vous taire.

– Non, ça, me taire, c'est facile, rétorqua-t-il sans hésiter.

– Je ne vous crois pas.

– Eh ben, si vous aussi vous vous y mettez..., marmonna-t-il avec une ironie glacée.

Ce serait tellement plus facile de le laisser tomber, se dit-elle fugacement.

– Vous savez, poursuivit-elle à voix haute, ça ne fait plaisir à personne de vous demander de parler, d'avouer... avec cette impression qu'on vous inflige une torture.

Elle sentit qu'il se retenait de l'envoyer balader. Elle se mordit les lèvres, il aurait eu raison, elle s'était embarquée sur un terrain vaseux, elle se devait de respecter son silence même si ça la rendait folle. Alors, elle revint à Zoé.

– Le problème, c'est que je l'ai crue, moi, cette fille. Et pour tout vous dire, je ne suis pas sûre qu'elle mentait... Je crois qu'elle a raconté sa vérité, qu'elle était au cœur de votre rivalité avec Paco, que c'était elle l'enjeu... Et même si à la barre elle était un peu étrange, un peu paumée, ça tenait parfaitement debout. Et c'est justement parce qu'on pouvait tous la croire que ça vous a mis hors de vous.

– Non.

– Et ?

– Et rien.

Il sourit tristement, répétant ce qu'il avait déjà dit cent fois, d'une voix qui s'efforçait d'être calme.

– La vérité, c'est pas ça. La vérité, c'est que j'en ai rien à foutre de cette fille et que je n'ai pas tué Paco.

– Vous vous rendez bien compte que le dire ne...

– Ça va, c'est bon, j'ai compris.

Il ne restait qu'une carte dans le jeu de l'avocate qu'elle joua sans illusions. Par simple acquit de conscience.

– Dans la salle, il y avait aujourd'hui cette Aïssatou que vous ne connaissez pas.

Il ne réagit pas. Elle poursuivit:

– Peut-être n'aviez-vous pas envie qu'elle entende parler de Zoé.

Piqué au vif, il leva les yeux vers elle, plein de mépris.

– Ça vous amuse, alors, de tout salir?

Elle reçut la question comme une gifle mais n'en montra rien.

– Cette nuit-là, vous étiez avec Aïssatou et vous ne pouvez pas le dire? C'est elle que vous protégez? C'est aussi bête que ça?

Il baissa les yeux. Elle décida que ce silence-là valait pour un oui. Elle se rassit à côté de lui, tout près, parlant bas, fébrile.

– ... si elle vient témoigner, ça peut tout changer, votre vie... et la sienne aussi... il y a toujours d'autres solutions quand on se sent coincé.

– Non, pour nous, il y en a pas.

– Vous vous rendez compte que vous allez foutre votre vie en l'air, tout ça pour rien, pour une illusion. Parce que même si elle vous aime, elle tiendra pas dix ans ou quinze... ou plus... et vous le savez déjà qu'elle vous trahira.

– C'est pas ça, trahir... J'aime pas comment vous parlez d'elle, ça se voit que vous la connaissez pas...

– Au moins vous pouvez me dire pourquoi elle peut pas témoigner?

– Son frère la tuerait.

C'était donc ça. Elle soupira, curieusement soulagée d'entendre enfin la vérité, saisit la balle au bond.

– Il y a mille solutions aujourd'hui en France pour empêcher ça, des services sociaux, des associations... C'est complètement crétin de renoncer à vous-même parce qu'elle a peur de son frère ! Zakarya, vous m'écoutez ?

Le téléphone de Léonie vibra. Le président venait aux nouvelles. Il s'impatientait.

– C'est bientôt le moment de reprendre, marmonna-t-elle à voix haute.

Il était hors de question qu'elle abandonne maintenant alors qu'elle approchait du but.

– Peut-être qu'Aïssatou, elle n'en veut pas de votre sacrifice, peut-être qu'elle a envie de parler... Non seulement elle renonce à tout, mais en plus elle vous fait plonger... Franchement, vous valez mieux tous les deux que de vous soumettre à un tyran.

Il lui saisit brutalement le bras pour la jeter contre le mur. Elle en eut le souffle coupé mais ne baissa pas les yeux. Ils se toisaient l'un l'autre, les poings serrés, et quand il explosa, ce qu'elle pensa d'abord, avant même de l'entendre, c'est qu'elle avait – enfin – réussi à le faire parler.

– Mais vous allez vous taire, vous taire, putain, j'en peux plus de vous entendre tous, à me dire ce que je dois faire, ce que c'est que vivre, et ce que je dois, et ce qu'il faut... ! Alors que vous savez rien, que vous arrivez là avec vos grandes idées toutes faites et vos principes de merde... La vérité ? Ah, LA vérité mais vous y connaissez rien à la vérité, celle de la vraie vie, qui vous fait tourner les yeux et regarder ailleurs pour pas déranger. La vérité d'Assane, c'est qu'il tient tout un quartier, qu'il fait ses trafics tranquille, de drogues, de caisses, d'armes et quoi ? Tu pèses quoi, toi, tout seul face à tout un système ? Aïssatou, elle vaut rien, elle lui appartient, c'est comme ça, ça rend fou, c'est comme ça et c'est pas seulement elle, c'est aussi son petit frère Sékou et les deux autres, qui ont même pas 5 ans… La seule chose qu'ils ont, eux, c'est leur grande sœur, et tu veux que je leur enlève ? Eh ben, je peux pas… non, je peux pas… et même si on se sauve tous les deux, qu'est-ce qui nous attend après, quelle vie, une fois qu'elle les aura trahis, comment tu veux construire… et réparer le mal que moi, je leur aurai fait ? Jamais… je peux pas… je peux pas… c'est tout… y a rien d'autre à dire.

Il s'arrêta, à bout de souffle. Il s'approcha de Léonie. Trop près. Il parlait tout bas, mais elle eut l'impression qu'il hurlait.

– … j'ai donné ma parole, et je vais la tenir… c'est ça le plus important, plus important que la vérité, que ta justice et que ma propre vie.

– Je comprends, murmura-t-elle pour l'apaiser. Je comprends… Est-ce que vous m'autorisez malgré tout à parler avec Aïssatou ?

Il rétorqua, fatigué :

– Tu piges vraiment rien, hein… mais au fond, j'en ai rien à foutre que tu me comprennes ou pas, rien à foutre…

Livide, elle ouvrit la bouche pour répondre mais il se tenait déjà devant la porte du tribunal.

– On y va ?

LA MAISON DU BOUT DU MONDE

Le jour où Aïssatou apprit la date du procès, elle tira les rideaux, se roula en boule dans son lit, à nouveau incapable d'affronter la lumière du jour. Depuis que Zakarya était en prison, ça lui arrivait parfois. Sékou entrouvrait la porte, un simple regard suffisait. Il prenait aussitôt le relais. Il se débrouillait bien. Il arrivait même à faire rire Ibrahim et manger Kumba qui avait pourtant si peu d'appétit. Dans ces moments-là, elle se disait qu'ils auraient pu tout aussi bien faire sans elle. Mais ce n'était pas vrai. Elle se souvenait parfaitement des *crises* de sa propre mère quand elle avait l'âge de Sékou. Comme lui, elle s'était bien gardée de poser la moindre question, se contentant d'attendre que sa maman soit à nouveau debout.

Sa mère était la seule à pouvoir imposer une décision à Assane. Aïssatou tournait en rond depuis des semaines avec cette idée-là, tentait de s'en convaincre, se berçant de l'espoir qu'elle, elle pourrait l'émouvoir, que c'était un cas de force majeure, plus grave que cette question d'honneur et de réputation. Il fallait qu'elle essaie, elle devait la forcer à revenir, la ramener ici et parler. Elle en était sûre, devant elle sa mère finirait par céder, toutes les deux, elles y arriveraient, ensemble, elles iraient voir les juges, elles fuiraient Assane, elles sauveraient Zakarya... *oui, c'est ça, puisqu'il est encore temps !*

Au téléphone, elle lui raconta tout, hoquetant au milieu de ses larmes, la suppliant de revenir, lui demandant pardon, avouant qu'elle n'y arrivait pas... ce n'était pas de cette vie-là qu'elle voulait... n'était pas assez forte...

Sa mère n'avait d'abord rien dit, l'interrompant parfois pour qu'elle répète ce qu'elle n'avait pas compris, parce que Aïssatou avait parlé trop vite, avait pleuré trop fort ou trop bas. Et soudain, plus rien qu'un long silence glacé. Le temps pour qu'Aïssatou sèche ses larmes, supplie encore un peu et se taise à son tour.

Je n'aurais jamais dû.

Quelqu'un d'autre écoutait. Peut-être même étaient-elles plusieurs – toutes ces femmes, des tantes et des cousines – qu'on avait fait plier avant elle.

– Ne quitte pas...

Sa mère mit la main sur le téléphone pour étouffer le son de sa voix. Elle tenait conseil avant de prononcer son verdict. Il leur suffit de quelques minutes pour prendre leur décision.

– Aïssatou, tu es encore là ? demanda-t-elle en chuchotant comme si Assane était à côté d'elle. Quelqu'un va venir la semaine prochaine... Elle saura quoi faire. Suis-la les yeux fermés, on peut lui faire confiance.

Maman... ?

Tu verras qu'un jour, tu me remercieras.

Et puis elle raccrocha.

Aïssatou était à nouveau seule. Elle regardait fixement loin devant elle. À travers la vitre, le vent faisait frémir la cime des arbres. Le ciel était d'un blanc laiteux. Les mots pour dire ce qu'elle voyait se présentaient à elle sans qu'elle en ait le goût. Elle se leva, ouvrit la fenêtre et se pencha en avant, le plus possible pour éprouver la tentation du vide. Mais elle ne sentait rien et c'était presque réconfortant.

Elle se remit à faire ce qu'elle faisait tous les jours. Ranger, laver, préparer le repas. Il serait bientôt 11 heures, il fallait aller chercher Kumba à l'école, elle avait pris du retard, elle n'aurait rien à lui donner pour midi. Dans le frigo, elle trouva quelques restes de la veille. Et dans le placard un petit pot de sa compote préférée.

– Pomme-fraise, murmura-t-elle machinalement.

Le son de sa voix lui fut désagréable. Elle retourna dans la chambre de Kumba, porta son pyjama rose à son visage pour y chercher son odeur. Ne pas oublier que c'était pour la petite, pour ses frères… Elle tiendrait. Et sauverait sa sœur des griffes de ces connards qui prétendaient disposer de *leurs* corps. Elle ferait ce que sa mère n'avait pas su faire pour elle. N'avait pas tenu. Avait cédé, la pauvresse, la folasse… *Je te hais.*

La dame vint comme prévu la semaine suivante pour la conduire à la clinique. Elle ne donna pas un mot d'explication, ne s'approcha jamais d'elle, le reproche incarné, le dégoût aussi.

Quand elles passèrent le seuil de la porte, Aïssatou marqua une hésitation. Elle crut qu'elle allait défaillir. La femme au regard sombre s'en foutait. Elle la poussa en posant une main ferme dans le creux de ses reins, avant de lui attraper le bras pour l'entraîner vers l'ascenseur.

Dans le hall d'accueil, il y en avait deux autres qui attendaient aussi pour la même intervention. À les voir comme ça, les épaules en dedans, les mains croisées sur les cuisses, écrasées par la peur, aussi hébétées qu'elle, Aïssatou se détesta plus encore d'être obligée de ressembler à ça. Elle était bizarrement persuadée qu'elle les avait déjà croisées. Pourtant, toutes les deux, ce n'était pas possible… L'impression persistait. Un sanglot étouffé résonna dans le couloir derrière elle. La femme au regard sombre se mit à marmonner des prières à voix basse. Et soudain, l'image lui revint en mémoire, c'était une photo dans son livre d'histoire en troisième, celle de ces femmes à la Libération tondues par des justiciers au milieu d'une foule déchaînée, des dizaines d'hommes et quelques femmes aussi, bouches grandes ouvertes, yeux étincelants, *mais de quoi se vengeaient-elles ?*

Et puis ce fut son tour. Le médecin ne lui demanda rien. Aïssatou se dit qu'il était mal à l'aise, que ce qu'il faisait n'était sans doute pas tout à fait permis. Qu'il rendait service. Qu'il gagnait beaucoup d'argent.

Au bloc, allongée, ventre nu, jambes écartées.

Les infirmières l'ignorent. Le médecin aussi. Ils ont des problèmes de planning à résoudre. Qui sera de garde pour le week-end de l'Ascension ? Les larmes coulent pendant qu'on la prépare. Elle ne les essuie pas. Elle avait demandé à ce qu'on l'endorme. Le médecin avait refusé. Une anesthésie locale était largement suffisante. Il ne fallait pas qu'elle s'inquiète. C'était une intervention tout à fait bénigne.

– Vous avez besoin d'un anxiolytique ? demande une infirmière.

Elle est noire, elle aussi. Aïssatou tourne la tête sans répondre.

– Alors on y va, lance le médecin.

Elle ne veut plus les entendre, elle ne veut pas être ici, elle va leur laisser cette part anesthésiée d'elle-même, qu'ils recousent son hymen, qu'ils effacent tout, croient-ils, mais moi, moi, c'est à l'autre partie de moi qu'il faut que je m'accroche… à celle qu'il a fait jouir, à ces rêves qu'on faisait à voix haute… La voix de Zakarya lui revient…

C'est elle qui avait ôté sa robe la première fois, sans le quitter des yeux. Il n'osait la regarder. Il avait retiré son propre pull et son tee-shirt, faire comme elle, le faire ensemble, maintenant torse nu… elle avait tendu sa main noire vers sa peau claire, l'avait glissée sur sa hanche et ses reins. C'était si bon que ça lui avait arraché un cri, un petit cri rauque, animal qu'elle adorait entendre…

Aïssatou sourit.

Il avait saisi son poignet, l'avait attirée à lui, brusquement pour l'embrasser à pleine bouche, longuement. Elle s'était écartée de lui pour continuer à se déshabiller, c'était comme une danse, ils le faisaient ensemble, se dévorant des yeux… maladroits, titubants, une jambe puis l'autre, faire glisser sa culotte, les mains derrière son dos pour dégrafer son soutien-gorge.

Elle avait vu le rouge monter aux joues de Zakarya, sentait son propre sexe devenir humide, son souffle plus court, il s'était approché, avait posé ses doigts sur le dos de sa main qui retenait encore le tissu sur le bout de ses seins…

Et l'avait allongée sur le canapé, il s'était moqué d'elle, quelle idée de le faire à même le sol… Son corps était doux et il était entré en elle doucement, intimidé, craignant de lui faire mal, elle avait peur aussi, quel vertige, mais si elle criait, c'était de mouiller tellement et d'en vouloir encore…

Ils avaient pris l'habitude de faire des projets d'avenir. Serrés l'un contre l'autre, encore humides de plaisir, ils s'étaient mis à construire une pierre après l'autre cette maison qu'ils voulaient habiter ensemble. C'était une vieille bâtisse, une grange abandonnée qu'il faudrait commencer à squatter. Zakarya en avait plusieurs en tête, dans ce Morvan où il avait grandi. Il prétendait qu'il y en avait une surtout, à l'écart d'un village où on les laisserait en paix. *Il faudrait sans doute refaire le toit…* Il se souvenait y avoir vu un four à pain. *Tu saurais faire le pain ? J'apprendrai. Au début, on dormirait dans la paille…* Elle riait, *je suis sûre qu'on trouverait un matelas, on se ferait notre chambre… sous les toits, pour voir le jour se lever au-dessus de l'horizon. Et on aurait des poules, des chèvres, je ferais du fromage et j'irais le vendre sur les marchés.*

Tu crois qu'ils voudront de moi, d'une Noire… comme moi ? Il n'avait pas hésité. *Bien sûr que oui… c'est un pays de résistants, le Morvan, les gens là-bas y sont plus libres qu'ailleurs.*

Elle l'avait cru, elle se foutait de savoir qu'il mentait, elle l'avait cru, voulait encore y croire, *et le toit, tu crois pas qu'il faudrait commencer par le toit? Tu n'aurais pas le vertige? Si... j'ai le vertige... mais si tu n'es pas loin...*

Ils riaient.

Et recommençaient chaque fois qu'ils se voyaient.

Alors, la maison, elle serait au bout du monde, au bout d'un chemin, elle surplomberait la vallée, au loin dans la forêt, au printemps, on verrait des faons, des biches... et des petits lapins...

À la fin de l'opération, le médecin s'était déclaré satisfait. Il l'avait gratifiée d'une petite claque sur la cuisse et, bonhomme, lui avait certifié que le suivant n'y verrait que du feu.

PARTIE 3

CONDAMNER

Six mois plus tard

ET ZOÉ DISPARUT

Le jour du procès de Zakarya Benothmane, Momo était resté derrière son comptoir. Comme il l'était les jours d'avant et le resterait les jours d'après. Personne ne vint lui raconter ce qui s'était passé, ni comment, et encore moins pour combien Zakarya en avait pris. La petite bande avait fini par se disloquer lentement et de manière inéluctable. D'autres jeunes avaient pris le relais et se retrouvaient à la même place que les anciens autour de la grande table au fond de la salle. Les nouveaux l'ignoraient plus encore que ne l'avaient fait les autres. Il pensa que c'était à cause de son âge. Il était plus vieux qu'eux et ça devait se voir. Il aurait bien aimé savoir ce que Zoé en aurait pensé mais Zoé avait disparu, dès la fin du procès, et elle n'était jamais revenue.

Il fallut attendre un article dans *Le Parisien*. Le journaliste commençait par raconter ce qu'il avait déjà raconté plusieurs fois, dans les mêmes termes exactement, *la sauvagerie du meurtre, le silence obstiné de l'accusé malgré la charge des preuves*, rien sur le déroulement du procès, rien sur le témoignage de Zoé, Zakarya en avait pris pour quinze ans, fin de l'histoire.

Il rêvait de Zoé toutes les nuits et, le jour, il espérait qu'elle revienne pour tomber dans ses bras, même meurtrie, plus abîmée encore, mais qu'elle disparaisse, ça, il ne pouvait le supporter.

Parfois, il avait peur qu'elle devine qu'il avait menti et qu'elle aille tout balancer. Mais ça ne durait pas. Ce qu'il soupçonnait plutôt et qui lui vrillait l'âme, c'était qu'elle ait déjà tout effacé, qu'elle soit avec d'autres, à s'inventer une nouvelle vie où il apparaissait furtivement comme ces fantômes qui traversent les histoires qu'on raconte la nuit pour se faire peur.

Si l'idée était venue à quelqu'un de lui demander s'il avait des remords – quelqu'un qui aurait su, mais même d'avoir fait *ça*, se disait-il les mauvais jours, *ça* n'avait pas permis de le rendre visible – *des remords?* Peut-être qu'il aurait préféré.

Mais il ne ressentait plus rien, sauf pour Zoé, et encore il n'en était plus si sûr au fur et à mesure que le temps passait et qu'elle le laissait sans nouvelles. Redevenu ce qu'il avait toujours été, aussi gris et terne que les murs. Il avait même du mal – il s'en rendait compte, ce qui entraînait une immense fatigue, l'empêchait de se lever parfois, terrassé par ce *rien sans fond* qu'il avait l'impression d'être depuis toujours, plus transparent que l'eau claire, alors que tout était pris désormais dans un ralenti nauséeux – à se souvenir que c'était bien lui qui avait fait ça. Sans jamais douter que. Tout simplement. Il fallait l'écraser. Et il l'avait fait.

Dès que Paco Moreno avait su qu'il était reçu à Bruxelles, il était venu parader à L'Absinthe, disant à qui voulait l'entendre qu'il allait tout recommencer à zéro, ailleurs, une autre vie. Il avait l'air libéré d'un poids incroyable. Devenu soudain un type enthousiaste. La joie incarnée... méconnaissable... ce Paco d'ordinaire si distant avec lui, Momo, simple serveur à L'Absinthe, ce jour-là, il s'était longuement confié sur ses rêves à venir. Comme si personne n'existait sauf lui. Pire, comme si lui Momo n'existait que pour vivre ce moment-là, pour regarder partir Paco Moreno, l'écouter lui dire à quel point il allait tous les oublier, les nier, tous ces moins que rien, même pas des ombres sur son chemin. Tout ça avec une sorte de cruauté enrobée d'innocence...

Lourder Zoé n'avait pas pris plus de quelques minutes. Elle avait quand même essayé de le retenir. Et plus elle avait minaudé pour quémander des miettes, et plus il était devenu méprisant, et moqueur, de plus en plus méchant. Momo était juste à côté, entendait tout, voyait tout, et ne comptait pour rien... comme toujours... mais cette fois-là...

Elle avait fini par chuchoter quelque chose à l'oreille de Paco, il avait ricané, avait jeté un coup d'œil à sa montre, il était pressé, avait donné rendez-vous à Zakarya pour lui dire *personnellement* au revoir, mais Zoé insistait, se frottant contre lui, alors finalement, elle avait obtenu ce qu'elle voulait, qu'il la suive dans la chambre du haut – sa chambre à lui, Momo, qu'il leur prêtait de temps en temps... Il n'aurait jamais dû... Il ne supportait pas de les savoir là-haut... il avait tellement peur qu'elle s'en aille...

Il avait fini par lui dire qu'il n'aimait pas quand elle se laissait aller à ça.

Elle avait rétorqué qu'elle était amoureuse, qu'avec Paco, c'était une grande histoire...

Paco était redescendu. Fier comme un dindon. S'était approché de lui pour marmonner, *je sais pas pourquoi tu t'en prives, elle est bonne, tu sais, elle demande que ça, je comprends pas, mec, y a que toi qui lui es pas passé dessus.*

Et il était parti.

Zoé, descendant un peu après. Les yeux rouges qui ne regardent nulle part. Sa bouche qui dit qu'elle n'aurait jamais cru, qu'il avait trop menti, qu'elle était conne aussi à le croire, à s'imaginer que...

Tu vois, Momo, c'est toi qui avais raison.

– Je vais le ramener, lui avait-il promis. Il va revenir, je te le jure et il va s'expliquer.

Zoé avait levé vers lui des yeux pleins d'espoir. Des yeux de petite fille qui croit encore que les promesses ont un sens. Que les trahisons se réparent.

Momo était parti rejoindre Paco au BBis et rien ne s'était passé comme il avait promis.

Tout simplement. Il fallait l'écraser. Et il l'avait fait.

Quand il était revenu à L'Absinthe, elle était restée et elle attendait. Elle avait eu un sourire triste. Haussant les épaules, fataliste, comme si déjà ça n'avait plus d'importance.

– Il a pas voulu ?

Momo lui avait menti. *Il était mort quand je suis arrivé...* Ce fut la seule fois. Pour les protéger tous les deux, avait-il pensé. Pour qu'ensemble, ils s'inventent une vie toute neuve. Zoé n'avait posé aucune autre question. Comme si la nouvelle de la mort de Paco tombait dans un trou noir, un coin d'elle où ça pouvait disparaître.

Elle n'était plus revenue, ou rarement. Avait disparu après le procès. Sans un mot. Sans un mot. Il en crevait et ça ne changeait rien.

JURÉ NUMÉRO 6

Cher monsieur Benothmane,

Je me présente, je m'appelle Guillaume Blanchard, j'ai été l'un des jurés de votre procès. J'ai 64 ans, je suis retraité de la fonction publique, après avoir été inspecteur du travail pendant plus de trente-cinq ans.

J'imagine à quel point ma démarche pourra vous surprendre. Je le comprends d'autant mieux qu'elle m'étonne aussi. J'ai longtemps hésité à vous écrire. J'en ai d'abord demandé l'autorisation à la cour, puis à votre avocate qui m'a assuré qu'elle vous transmettrait ma lettre. Je me jette donc à l'eau sans avoir résolu la question de savoir ce que j'en attends. Votre sort m'obsède. Les mêmes images me reviennent en boucle, les mêmes questions aussi, je n'en dors plus la nuit.

Bizarrement, j'ai l'impression que c'est moi qui ai commis l'irréparable en laissant prononcer ce jugement. J'imagine que si j'étais encore en activité, j'y penserais moins souvent. J'ai cru d'abord que c'était la faute de tout ce temps dont je dispose qui rendait propices mes ruminations. Je suis d'un naturel tranquille. J'ai toujours bien dormi. Mais depuis toute cette histoire, le sommeil m'a quitté. Je me repasse en boucle les scènes de ce procès, je voudrais tant faire taire mes doutes et avoir enfin des réponses à mes questions. M'ôter cette idée que vous en avez pris pour quinze ans et que *peut-être* vous n'êtes pas *celui qui.*

Ma démarche est déraisonnable mais ce doute me ronge. J'ai suivi les réquisitions de l'avocat général. C'était tellement logique, tellement implacable alors que votre version des faits comportait tant d'ombres et d'incohérences. Et face à nos tonnes de questions, à notre bonne volonté consciencieuse, vous sembliez tour à tour indifférent et déterminé, fragile et intraitable, insaisissable, ironique aussi, presque méprisant. Quand j'y pense, les mots se bousculent. Je ne sais pas… ou après tout, si, je le sais, vous étiez *exaspérant.* Au point que je me demande encore si on ne vous a pas condamné si lourdement pour cette raison-là, cette obstination à vous taire. Comme on aurait puni un enfant qu'on n'a pas pu *faire plier.*

Moi qui ai passé ma vie à faire valoir le droit, à faire respecter le Code du travail, à traquer les filous comme les tire-au-flanc, je me serais rendu coupable d'une condamnation abusive, juste sur une humeur, parce que nous ne sommes pas parvenus *à vous faire céder*? Je ne supporte pas cette idée. Pire, je vous en veux de m'avoir obligé à vous juger sans savoir. En mon âme et conscience, je crois que nous nous sommes trompés. Et le lendemain, je suis sûr de l'inverse. Le monde n'est plus tel que je me l'imaginais. Les gens ne sont plus tels que je les voyais. Je ne me fais plus confiance, je me sens coupable d'un crime que j'aurais commis au nom de la justice. Sûr de moi, de mon droit, de mes bonnes intentions.

J'ai espéré que vous feriez appel. Votre avocate m'a appris que ce n'était pas le cas. Comme si vous aviez tourné le dos au monde, comme si vous aviez renoncé, avec un fatalisme effrayant.

J'ai peur parfois que vous envisagiez le pire. Je vous supplie d'accepter de me rencontrer. J'en ai inexplicablement besoin. Je mets beaucoup d'espoir dans cette lettre. Quelle que soit votre réponse, je veux que vous sachiez que vous avez d'ores et déjà changé ma vie. J'ai fait une demande pour devenir visiteur de prison sans savoir où elle me mènera.

Bien à vous,
Guillaume Blanchard

Zakarya Benothmane ne donna jamais suite à la lettre de Guillaume Blanchard.

Glaise
David Almond

Le Jeu de la mort
David Almond

Le Cracheur de feu
David Almond

Imprégnation
David Almond

Douze heures avant
Gabriella Ambrosio

Feuille de verre
Kebir M. Ammi

Interface
M. T. Anderson

Becket ou l'Honneur de Dieu
Jean Anouilh

L'Alouette
Jean Anouilh

Thomas More ou l'Homme libre
Jean Anouilh

La Fille du monstre
Florence Aubry

Golden Valley
Gaël Aymon

Ne fais pas de bruit
Kate Banks

Amis de cœur
Kate Banks

Le Muet du roi Salomon
Pierre-Marie Beaude

La Maison des lointains
Pierre-Marie Beaude

Leïla, les jours
Pierre-Marie Beaude

Quand on est mort, c'est pour toute la vie
Azouz Begag

Garçon ou fille
Terence Blacker

Zappe tes parents
Terence Blacker

Fil de fer, la vie
Jean-Noël Blanc

Tête de moi
Jean-Noël Blanc

La Couleur de la rage
Jean-Noël Blanc

Chante, Luna
Paule du Bouchet

68 année zéro
Paule du Bouchet

À la vie, à la mort
Paule du Bouchet

Scripto

Mon amie, Sophie Scholl
Paule du Bouchet

Je vous écrirai
Paule du Bouchet

Pâquerette
Gaston Boyer

La Théorie de l'iceberg
Gaston Boyer

24 filles en 7 jours
Alex Bradley

Scarlett Epstein rate sa vie
Anna Breslaw

Spirit Lake
Sylvie Brien

L'Algérie ou la Mort des autres
Virginie Buisson

Junk
Melvin Burgess

Lady
Melvin Burgess

Le Visage de Sara
Melvin Burgess

Kill All Enemies
Melvin Burgess

La Dose
Melvin Burgess

Le Rêve de Sam
Florence Cadier

Les Gitans partent toujours de nuit
Daniella Carmi

River
Claire Castillon

Les Longueurs
Claire Castillon

Les Rêves rouges
Jean-François Chabas

L'Arbre et le Fruit
Jean-François Chabas

Mauvaise graine
Orianne Charpentier

Rage
Orianne Charpentier

Après la vague
Orianne Charpentier

La Vie au bout des doigts
Orianne Charpentier

Confessions d'une catastrophe ambulante
Emma Chastain

Lettre à mon ravisseur
Lucy Christopher

Attraction mortelle
Lucy Christopher

Max
Sarah Cohen-Scali

Bonnes vacances
Collectif

La Première Fois
Collectif

De l'eau de-ci de-là
Collectif

Va y avoir du sport !
Collectif

La Mémoire trouée
Élisabeth Combres

Souviens-toi
Élisabeth Combres

Sans prévenir
Matthew Crow

Coup de chance et autres nouvelles
Roald Dahl

Ce voyage
Philippe Delerm

Le Printemps des oiseaux rares
Dominique Demers

Cher inconnu
Berlie Doherty

La Parole de Fergus
Siobhan Dowd

Sans un cri
Siobhan Dowd

Où vas-tu, Sunshine ?
Siobhan Dowd

French ski
Tom Ellen, Lucy Ivison

Dis-moi qu'il y a un ouragan
Fabrice Émont

On ne meurt pas, on est tué
Patrice Favaro

Que cent fleurs s'épanouissent
Jicai Feng

Le Feu de Shiva
Suzanne Fisher Staples

Afghanes
Suzanne Fisher Staples

La Fille de Shabanu
Suzanne Fisher Staples

Ce que tu m'as dit de dire
Marcello Fois

Jours de collège
Bernard Friot

Voyage à trois
Deborah Gambetta

Où est passée Lola Frizmuth ?
Aurélie Gerlach

scripto

scripto

Qui veut la peau de Lola Frizmuth ?
Aurélie Gerlach

La Légende de Lee-Roy Gordon
Aurélie Gerlach

Qui es-tu, Alaska ?
John Green

La Face cachée de Margo
John Green

Will et Will
John Green et David Levithan

It
Catherine Grive

Ce que toujours veut dire
Lexa Hillyer

L'été où je suis né
Florence Hinckel

Incantation
Alice Hoffman

La Prédiction
Alice Hoffman

Boulevard du Fleuve
Yves Hughes

Polar Bear
Yves Hughes

Septembre en mire
Yves Hughes

Vieilles neiges
Yves Hughes

Mamie mémoire
Hervé Jaouen

Une fille à la mer
Maureen Johnson

Suite Scarlett
Maureen Johnson

Au secours, Scarlett !
Maureen Johnson

La Bête
Ally Kennen

Déchaîné
Ally Kennen

Tout pour se déplaire
Jen Klein

Haïti, soleil noir
Nick Lake

Les Valises
Sève Laurent-Fajal

La Fille sous cellophane
Marie Leymarie

Dans tes bras
David Levithan

Des pas dans la neige
Erik L'Homme

15 ans, welcome to England !
Sue Limb

15 ans, charmante mais cinglée
Sue Limb

16 ans ou presque, torture absolue
Sue Limb

16 ans, S.O.S. chocolat !
Sue Limb

Un papillon dans la peau
Virginie Lou

Run Billie
Claire Loup

Enfer et Flanagan
Andreu Martín
et Jaume Ribera

13 ans, 10 000 roupies
Patricia McCormick

Ne tombe jamais
Patricia McCormick

Sobibór
Jean Molla

Felicidad
Jean Molla

Silhouette
Jean-Claude Mourlevat

Bouche cousue
Marion Muller-Colard

Le ciel est partout
Jandy Nelson

La Vie blues
Han Nollan

Un été algérien
Jean-Paul Nozière

Bye-bye, Betty
Jean-Paul Nozière

Maboul à zéro
Jean-Paul Nozière

Là où dort le chien
Jean-Paul Nozière

Le Ville de Marseille
Jean-Paul Nozière

Mortelle mémoire
Jean-Paul Nozière

Camp Paradis
Jean-Paul Nozière

Zarbie les yeux verts
Joyce Carol Oates

Sexy
Joyce Carol Oates

Les Confidences de Calypso
Romance royale - 1
Trahison royale - 2
Duel princier - 3
Mariage princier - 4
Tyne O'Connell

Trois Filles en colère
Isabelle Pandazopoulos

scripto

Double Faute
Isabelle Pandazopoulos

On s'est juste embrassés
Isabelle Pandazopoulos

La Décision
Isabelle Pandazopoulos

Demandez-leur la lune
Isabelle Pandazopoulos

Là-bas
Leonardo Patrignani

Sur les trois heures après dîner
Michel Quint

Arthur, l'autre légende
Philip Reeve

Mon nez, mon chat, l'amour et… moi
Le Journal intime de Georgia Nicolson - 1
Louise Rennison

Le bonheur est au bout de l'élastique
Le Journal intime de Georgia Nicolson - 2
Louise Rennison

Entre mes nunga-nungas mon cœur balance
Le Journal intime de Georgia Nicolson - 3
Louise Rennison

À plus, Choupi-Trognon
Le Journal intime de Georgia Nicolson - 4
Louise Rennison

Syndrome allumage taille cosmos
Le Journal intime de Georgia Nicolson - 5
Louise Rennison

Escale au Pays-du-Nougat-en-Folie
Le Journal intime de Georgia Nicolson - 6
Louise Rennison

Retour à la case égouttoir de l'amour
Le Journal intime de Georgia Nicolson - 7
Louise Rennison

Un gus vaut mieux que deux tu l'auras
Le Journal intime de Georgia Nicolson - 8
Louise Rennison

Le coup passa si près que le félidé fit un écart
Le Journal intime de Georgia Nicolson - 9
Louise Rennison

Bouquet final en forme d'hilaritude
Le Journal intime de Georgia Nicolson - 10
Louise Rennison

Je serai vivante
Nastasia Rugani

Je m'appelle Marie
Jacques Saglier

Je reviens
Marie Saint-Dizier

Chanson pour Éloïse
Leigh Sauerwein

Fans de la vie impossible
Kate Scelsa

Ce qu'ils n'ont pas pu nous prendre
Ruta Sepetys

Big Easy
Ruta Sepetys

Le Sel de nos larmes
Ruta Sepetys

Guadalquivir
Stéphane Servant

Miette-de-Lune
Nicky Singer

Rock Addict
C. J. Skuse

Mauvais plans
C. J. Skuse

Poussière rouge
Gillian Slovo

Sans abri
Robert Swindells

Le Gang des Vieux Schnocks
Florence Thinard

La Vie en rouge
Anne Thiollier

Les Révoltés d'Athènes
Mathilde Tournier

Le Maître de la Grèce
Mathilde Tournier

Rendez-vous en septembre
Anne Vantal

Cool de chez cool
Ned Vizzini

La Guerre des rêves
Catherine Webb

L'enfant qui savait tuer
Matt Whyman

Porte-poisse
Margaret Wild

Avez-vous vu Zachary Beaver?
Kimberly Willis Holt

Kiss
Jacqueline Wilson

Toute la beauté du monde n'a pas disparu
Danielle Younge-Ullman

ON LIT
PLUS
FORT.
COM
L'ACTUALITÉ DES ROMANS
GALLIMARD JEUNESSE

Loi n° 49-956 du 16 juillet 1949
sur les publications destinées à la jeunesse

Mise en page : Françoise Pham
ISBN : 978-2-07-516994-3
N° d'édition : 434093
Dépôt légal : mai 2022

Imprimé en Italie par Grafica Veneta S.P.A.